Os arcanos de Oz

Ednei Procópio

Os arcanos de Oz

O universo místico de
O Mágico de Oz e sua relação
oculta com o tarô

Matrix

© 2024 - Ednei Procópio
Direitos em língua portuguesa para o Brasil:
Matrix Editora
www.matrixeditora.com.br
/MatrixEditora | @matrixeditora | /matrixeditora

Diretor editorial
Paulo Tadeu

Capa, projeto gráfico e diagramação
Danieli Campos

Revisão
Adriana Wrege

CIP-BRASIL - CATALOGAÇÃO NA PUBLICAÇÃO
SINDICATO NACIONAL DOS EDITORES DE LIVROS, RJ

Procópio, Ednei
Os arcanos de Oz / Ednei Procópio. - 1. ed. - São Paulo: Matrix, 2024.
192 p.; 23 cm.

ISBN 978-65-5616-469-4

1. Cartomancia. I. Título.

24-92036   CDD: 133.3242
                             CDU: 133.3

Meri Gleice Rodrigues de Souza - Bibliotecária - CRB-7/6439

Rider-Waite Tarot Deck®, também conhecido como Rider Tarot e Waite Tarot, reproduzido sob permissão de U.S. Games Systems, Inc., Stamford, CT 06902 USA. Copyright ©1971 by U.S. Games Systems, Inc. Reprodução proibida.
The Rider-Waite Tarot Deck® é marca registrada de U.S. Games Systems, Inc.

Dedico este livro carinhosamente
à minha mãe, Ester (*in memoriam*),
a bruxa mais verdadeira que
eu já conheci na vida.

"A fome do nosso tempo pelo ocultismo precisa ser saciada; embora, ao mesmo tempo, com a mediocridade das pessoas, possa resultar em sensacionalismo. Mas levará muitos a um pensamento mais alto, mais ousado e também mais nobre. Quem pode dizer o que esses mistérios corajosos podem revelar em tempos futuros?"

Lyman Frank Baum
22 de fevereiro de 1890

Sumário

UM POUCO DE HISTÓRIA 11
O Jogo da Esperança 11
O Baralho Petit Lenormand 13
A Origem do Baralho Cigano 14
As Maravilhosas Ilustrações da Terra de Oz 15
O Verdadeiro Mago de Oz 16
O Tarô de Waite-Smith 17
Os Herdeiros de Marselha e Sola Busca 17
Os Arcanos de Oz 19
A chave pictórica do tarô 19

THE WIZARD OF OZ 20

Um pouco de história

O criador do que hoje é conhecido, principalmente aqui no Brasil, como Baralho Cigano foi o empresário alemão Johann Kaspar Hechtel, nascido em maio de 1771 e falecido em dezembro de 1799. Hechtel era escritor, proprietário de uma fábrica na cidade de Nuremberg e também um talentoso *designer* de jogos de tabuleiro.

O Jogo da Esperança

É natural que a quase totalidade dos jogos de cartas usados como oráculo tiveram sua origem em jogos de entretenimento ou foram criados paralelamente a eles. Mas a ideia original de Hechtel foi conceber um baralho como um tipo de jogo de tabuleiro portátil para entretenimento, próximo de um Jogo da Vida. Foi assim que nasceu o *cardgame Das Spiel der Hoffnung*, ou O Jogo da Esperança, em português.

Foi Hechtel, portanto, quem criou o protótipo do *deck* de cartomancia, que mais tarde seria chamado de *Petit Lenormand*. O baralho de 36 cartas é reconhecido historicamente e está listado, entre os trabalhos que ele produziu, no anúncio de um editor de Nuremberg, datado exatamente do ano em que Hechtel faleceu.

Johann Kaspar Hechtel (1771-1799). Retrato em gravura pontilhada de Leonhard Schlemmer (1800), segundo Leonhard Heinrich Hessell (1799). Fonte: cópia digitalizada de um retrato gravado datado de 1800, de propriedade de Helen Riding.

As 36 cartas do *cardgame Das Spiel der Hoffnung*, ou O Jogo da Esperança. Fonte: reprodução do jogo impresso em 1799, do acervo do Museu Britânico.

Retrato de Marie-Anne Lenormand, da corte de Napoleão.
Autores: Frank Boott Goodrich (1826-1894) e Jules Champagne.
Fonte: "O Tribunal de Napoleão" (Derby & Jackson, Nova York, 1858).

O Baralho Petit Lenormand

Marie-Anne Adelaide Lenormand (1772-1843) foi uma renomada cartomante francesa. Conhecida também como Madame Lenormand, obteve fama durante a era napoleônica. Três séculos após a publicação do *Marseille Tarot* (Tarô de Marselha), uma onda de cartomancia invadiu a França no final do século XVIII, e Lenormand já era reconhecida como sendo um de seus maiores expoentes.

Madame Lenormand foi uma mulher à frente do seu tempo. Teve eminente carreira literária e publicou muitos trabalhos por volta da década de 1810. Foi uma figura causadora de muitas polêmicas públicas.

Um exemplo notável de polêmica em sua vida foi sua prisão durante a Revolução Francesa. Lenormand foi presa várias vezes, acusada de charlatanismo e de manipular influências políticas por meio de suas leituras de tarô e práticas de adivinhação. Sua habilidade de prever eventos e a influência que tinha sobre figuras importantes a colocavam frequentemente sob suspeita. Durante um período particularmente turbulento na França, praticar a adivinhação poderia ser visto como uma ameaça política, o que a levou a enfrentar acusações e prisões. Isso reflete não apenas as tensões políticas da época, mas também o ceticismo e a hostilidade em relação a práticas esotéricas e ocultas, que muitas vezes eram malvistas ou consideradas perigosas pelo governo e pela sociedade.

Madame Lenormand, no entanto, obtinha influência e proteção por meio da elite francesa de sua época, por dar conselhos espirituais para muitas pessoas famosas, entre elas os grandes líderes da Revolução Francesa, usando cartas de baralho como oráculo.

A Origem do Baralho Cigano

Após Madame Lenormand falecer, seu nome foi usado em propagandas de vários baralhos de cartomancia, incluindo um baralho de cartas ilustradas, baseado no *cardgame Das Spiel der Hoffnung*, criado por Hechtel. O *cardgame* de Hechtel tinha como base 36 cartas previamente selecionadas entre os chamados Arcanos Menores; trazia nove cartas selecionadas de cada naipe. Portanto, para Lenormand, que já fazia uso do Tarô de Marselha, não foi difícil usar como oráculo as cartas projetadas por Hechtel.

Após a morte de Lenormand, foi encontrado entre os seus pertences exatamente aquele baralho que, mais tarde, recebeu o nome da cartomante famosa como forma de propaganda para vender ainda mais baralhos. Aquele *deck* de cartas foi amplamente difundido como o baralho que Madame Lenormand usou para prever diversas revoltas francesas.

O *Petit Lenormand* foi chamado de Baralho Cigano não porque tenha sido criado pelas etnias ditas ciganas, embora muitos desses povos possam ter feito uso desse baralho. Chama-se Baralho Cigano em razão de sua característica nômade e exatamente por usar exônimos quando levado para outras culturas.

O exônimo cigano designa muitos povos que, por motivos diversos, deixaram sua terra natal e se espalharam pelos quatro cantos do mundo com suas diferentes etnias, crenças, religiões e costumes. E é exatamente o que acontece com o baralho criado pelo alemão Hechtel: trata-se de um baralho com características ciganas. Teve sua origem nos Arcanos Menores e viaja pelo mundo com nomes diferentes em cada região para onde é levado, visto e usado.

O baralho, que mais tarde foi difundido como *Petit Lenormand*, ou simplesmente cartas de Lenormand, compõe-se, portanto, exatamente das mesmas cartas do jogo *Das Spiel der Hoffnung*, projetado por Hechtel, em Nuremberg, no início do século XIX.

Mas nem o alemão Johann Kaspar Hechtel e tampouco a francesa Marie-Anne Lenormand tiveram a oportunidade de testemunhar a difusão e o sucesso em que se transformou o oráculo que eles ajudaram a difundir pelo mundo.

As Maravilhosas Ilustrações da Terra de Oz

No final daquele mesmo século, em 1899, exemplares do *Petit Lenormand* foram parar nas mãos de dois norte-americanos envolvidos com a escrita e a publicação de um livro que seria editado em 1900.

William Wallace Denslow nasceu na Filadélfia em maio de 1856, e morreu em Nova York em março de 1915. Foi Denslow o ilustrador a dar sombra e luz às primeiras edições dos livros de L. Frank Baum sobre a maravilhosa e encantadora Terra de Oz.

Fontes afirmam que as ilustrações de Denslow para a magia de Oz guardavam um forte teor político. Um dos exemplos mais citados entre as obras que discutem o teor político das ilustrações de William Wallace Denslow para *O Mágico de Oz* é o livro *The Annotated Wizard of Oz*, de Michael Patrick Hearn. Esse livro oferece uma análise detalhada não só do texto original de L. Frank Baum, mas também das ilustrações de Denslow, incluindo as possíveis interpretações políticas e sociais.

Hearn sugere que tanto o texto quanto as ilustrações podem ser vistos como comentários sobre temas políticos e econômicos da virada do século XX nos Estados Unidos, incluindo debates sobre o padrão ouro e prata e outras questões econômicas da época.

Capa da primeira edição do livro
The Wonderful Wizard of Oz (Chicago;
New York: Geo. M. Hill Co.).

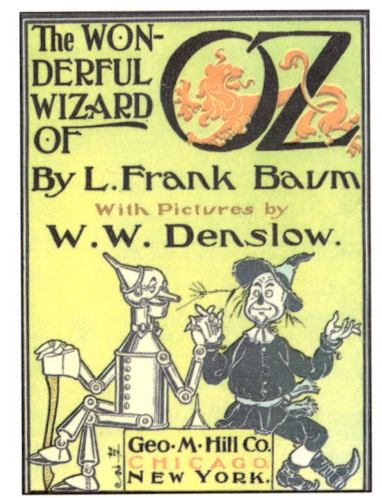

Nesse sentido, Hearn defende que as ilustrações de Denslow, assim como o texto de Baum, usam alegorias e simbolismos que podem ser interpretados como reflexões sobre esses temas.

Mas esse viés político, a meu ver, só foi sentido durante a década de 1930, quando os Estados Unidos sofreram com a chamada Grande Depressão. Na verdade, as ilustrações de Denslow traziam uma forte influência, a pedido de Baum, dos Arcanos Maiores e Menores, principalmente dos tarôs já conhecidos e difundidos por toda a Europa, como, por exemplo, o *Petit Lenormand*.

O Verdadeiro Mago de Oz

Lyman Frank Baum nasceu em Chittenango, no estado norte-americano de Nova York, em maio de 1856; faleceu em Hollywood em 1919, portanto uma década antes da Grande Depressão.

Baum foi escritor, editor, roteirista e também ator e produtor de teatro e cinema. É certo que, embora não tivesse assistido ao resultado do filme *O Mágico de Oz*, lançado pela MGM em 1939, Baum pavimentou todo o roteiro e o conceito visual para a obra. Afinal, ele próprio, com a ajuda do então parceiro Denslow, criou a estética para peças baseadas no mundo de Oz.

Em 1897, Baum tornou-se membro da Sociedade Teosófica e, assim, frequentemente incorporava em suas obras os temas e símbolos esotéricos estudados por essa doutrina. A Sociedade Teosófica é, ainda hoje, uma organização internacional devotada a divulgar os ensinamentos da teosofia. Entre os objetivos da organização está encorajar o estudo de religião comparada, filosofia e ciência, além da investigação das leis não explicadas da natureza.

Pôster promocional dos populares livros para crianças escritos por L. Frank Baum (1901).

The Wonderful Wizard of Oz, além de um clássico da música, do cinema e, claro, da literatura, é também uma incursão ao ocultismo. Nós só precisamos de uma chave decodificadora para adentrar os mistérios de seus arcanos. E a chave para decodificar os mistérios de Oz encontra-se em um trabalho recriado por um escritor esotérico, contemporâneo de L. Frank Baum, chamado Arthur Edward Waite.

O Tarô de Waite-Smith

Arthur Edward Waite, nascido em outubro de 1857 e falecido em maio de 1942, foi um escritor místico que estudou profundamente os temas esotéricos. Segundo um biógrafo, "o nome de Waite sobreviveu ao longo dos tempos por ter sido ele o primeiro a empreender um estudo sistemático sobre ocultismo no Ocidente, visto como tradição espiritual, não como aspectos de protociência ou como a patologia de uma religião".

Não podemos nos esquecer de que a América do Norte foi colonizada por ingleses, e que Waite foi membro da *Hermetic Order of the Golden Dawn*, uma sociedade até então secreta surgida na Inglaterra em 1888. A Ordem Hermética da Aurora Dourada reunia várias vertentes do esoterismo, cujas ramificações encontram-se ativas e influentes até os dias de hoje em diversos campos do conhecimento.

Waite escreveu obras sobre adivinhação, esoterismo, maçonaria, magia cerimonial, cabala, rosacrucianismo, além de alquimia; também traduziu e reeditou importantes trabalhos de outros autores relacionados aos mesmos temas.

Hoje em dia Waite é reconhecido principalmente por ser o criador de um baralho de cartas oraculares, em muitas edições intitulado *Rider-Waite Tarot*, publicado originalmente no final de 1909.

Os Herdeiros de Marselha e Sola Busca

Todas as cartas do Tarô de Rider-Waite, projetado por Waite, foram ilustradas pelas mãos da talentosa Pamela Colman Smith. Pamela foi uma artista, ilustradora e também escritora que Waite conheceu em 1903, nas sessões da Ordem Hermética da Aurora Dourada.

Por volta de 1909, Waite já vinha estudando os tarôs *Petit Lenormand*, Sola Busca e de Marselha. No Tarô de Marselha, todos os Arcanos Maiores ganham contornos de personagens e de cenas, enquanto seus Arcanos Menores, aqueles ligados aos quatro naipes do baralho tradicional, trazem apenas ilustrações dos naipes fixos.

A ideia de Waite e Pamela era criar uma nova iconografia, que ligasse personagens e cenas dos Arcanos Maiores do Tarô de Marselha, introduzindo imagens, personagens e cenas para os Arcanos Menores, como era feito com o baralho criado por Hechtel antes de 1799. O trabalho do escritor Arthur Edward Waite e da ilustradora Pamela Colman Smith também foi baseado no chamado *Sola Busca Tarot*, o único tarô do século XV que permaneceu completo até os dias atuais, com suas 78 cartas.

Os tarôs, antes da publicação do Tarô de Sola Busca, apresentavam apenas a quantidade ilustrada dos emblemas de cada naipe; o Tarô de Sola Busca é o único entre os baralhos chamados históricos que apresenta cenas ilustradas em seus Arcanos Menores. É seguro afirmar, portanto, que o Tarô de Sola Busca serviu de inspiração para o trabalho de Pamela.

Nasceu assim, com a colaboração da ocultista Pamela, a obra *The Pictorial Key to the Tarot* ("A chave pictórica do tarô") e, com a obra, o chamado Tarô Universal. Hoje, o tarô criado por Waite e ilustrado por Pamela é chamado de *Rider-Waite Tarot*, mas deveria se chamar *Waite-Smith Tarot*. Suas lâminas foram publicadas pela primeira vez em dezembro de 1909, pela editora Rider&Son de Londres.

À esquerda, a lâmina Seis de Ouros do Tarô de Sola Busca (Museu de Brera); à direita, a lâmina Oito de Ouros do Tarô de Rider-Waite.

Os Arcanos de Oz

Em janeiro de 1938, a Metro-Goldwyn-Mayer (ou simplesmente MGM), uma empresa norte-americana de comunicação de massa, envolvida principalmente com produção e distribuição de filmes e programas televisivos, comprou os direitos do romance extremamente popular de L. Frank Baum e trouxe para as telas todo o arcabouço de conhecimentos que antes se mantinham à disposição apenas para aqueles iniciados nas artes ocultas. Assim, em 1939, baseado no livro *The Wonderful Wizard of Oz* ("O maravilhoso mágico de Oz") , a MGM lançou o filme *The Wizard of Oz*. Conhecido aqui no Brasil como *O Mágico de Oz*, trata-se de um longa-metragem do gênero fantasia e musical para toda a família. O roteiro da versão cinematográfica foi adaptado da peça de teatro.

A chave pictórica do tarô

Foi um longo caminho desde que o alemão Johann Kaspar Hechtel criou seu inofensivo e divertido *cardgame*, que, por sua vez, passou pelas mãos da madame francesa Marie-Anne Adelaide Lenormand e que, mais tarde, seria usado como inspiração para Denslow criar as ilustrações para a obra monumental de Baum.

Somente depois de toda essa peregrinação, séculos após a criação dos tarôs de Marselha e de Sola Busca, é que a obra arcana de Oz chegou às mãos da MGM, que, por sua vez, de modo magistral, trazia nos quadros da película os arcanos ocultos da obra escrita décadas antes por Waite e Pamela – para mostrar a nós, adultos, que os livros são muito mais do que os nossos sonhos infantis podem nos mostrar.

The Pictorial Key to the Tarot, a obra do escritor Arthur Edward Waite ilustrada por Pamela Colman Smith, e *The Wonderful Wizard of Oz*, a obra escrita por Lyman Frank Baum e ilustrada por William Wallace Denslow, estão intimamente ligados no espaço-tempo. E você está, agora, prestes a adentrar os maravilhosos, misteriosos e ocultos Arcanos de Oz.

"The Wiz

COPYRIGHT MCMXXXIX IN U. S. A.
BY LOEW'S INCORPORATED
ALL RIGHTS IN THIS MOTION PICTURE
RESERVED UNDER INTERNATIONAL CONVENTIONS
PASSED BY THE NATIONAL BOARD OF REVIEW

ARD of OZ"

PRODUCED BY
LOEW'S INCORPORATED

A narrativa do filme *The Wizard of Oz* (MGM, 1939) se inicia com a jovem Dorothy Gale (Judy Garland, 1922-1969), mais velha que a menina da versão literária, segurando livros. Identificarei sempre a secundagem do filme para apontar a cena em questão.

A cena (aos 02:10) remete à carta 26 de qualquer edição do chamado Baralho Cigano, Dez de Ouros entre os Arcanos Menores.

Essa carta é a representação de um conhecimento que pode ser transferível e adquirido. O conhecimento não precisa ser, necessariamente, valorizado; tanto que Dorothy deixa os livros caídos na estrada de chão batido, parecendo não dar muito valor a eles.

Para adentrar determinados mistérios, você precisa de uma chave. No caso do filme, a chave está próximo à balança da menina Dorothy (aos 02:20): um triângulo pendurado no tronco de uma árvore.

Trata-se de um dos quatro símbolos alquímicos da era medieval usados para representar os Quatro Elementos Clássicos; aqui, remete à lâmina XIV, A Temperança.

Ao lado, usamos como referência a lâmina do Tarô de Rider-Waite, cujo símbolo em forma de triângulo estampa o peito de um anjo com duas taças nas mãos.

Se levarmos em conta as diversas variantes da carta 13, Valete de Espadas, conhecida como A Criança, veremos que Dorothy, apesar de tudo, era uma menina bem feliz.

Os círculos, enquanto símbolos, permeiam toda a obra cinematográfica, por meio das rodas que estão soltas em todos os cantos da tela.

Em algumas ocasiões, Dorothy até usa algumas delas como brinquedo.

Na identificação sobre o uso dos tarôs no filme, levando-se em conta que a obra literária se utilizou dos mesmos artifícios, percebemos que outras edições das cartas do chamado Baralho Cigano são usadas em outros momentos para completar o cenário.

A impressão que temos ao estudá-las com apuro é que Dorothy, embora já mocinha na versão da obra para o cinema, ainda guarda uma ingenuidade em sua imaginação infantil. Na carta, vemos, inclusive, o cãozinho, pivô de toda essa história.

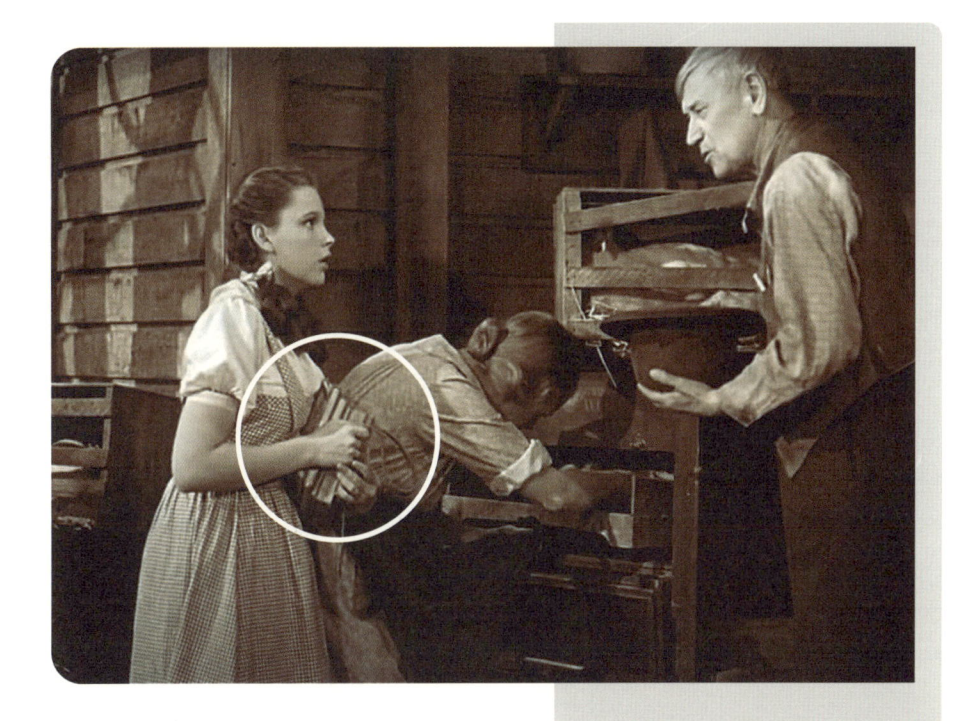

Além de os livros que Dorothy está segurando fazerem referência às cartas 26 de qualquer edição do Baralho Cigano, Dez de Ouros, a cena (em 02:34) também faz referência à lâmina II, A Papisa.

Quando surge durante um jogo essa lâmina em especial, simboliza um avanço evolutivo considerável.

Assim, Dorothy precisa ampliar a sua própria visão de mundo, até então bastante limitada, se quiser continuar tendo tranquilidade em sua pacata vida no Kansas.

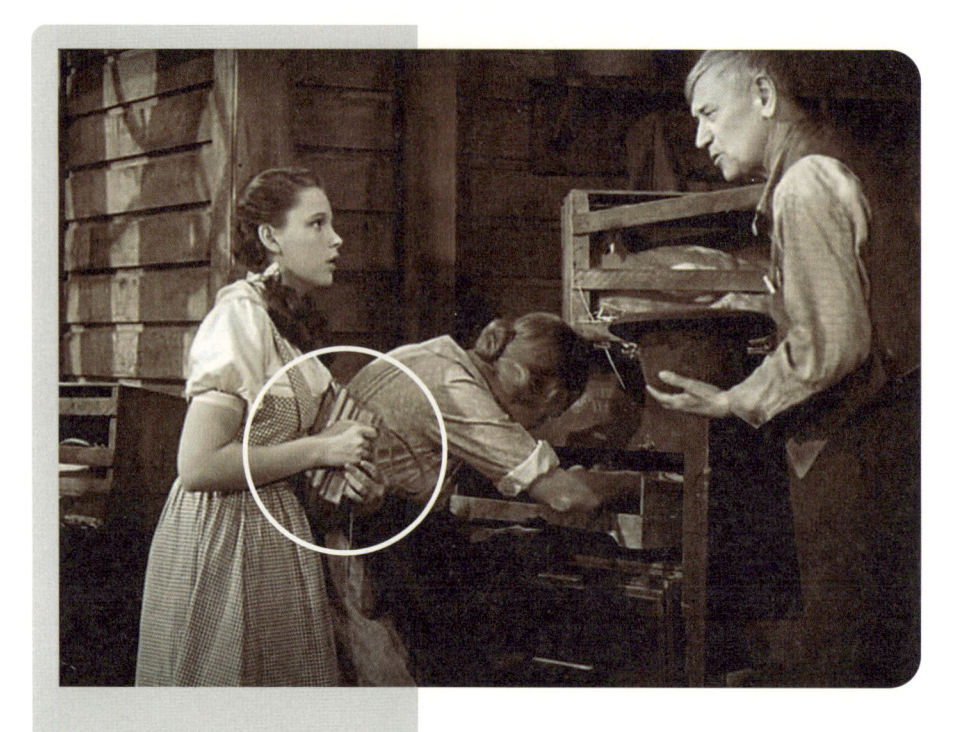

Encontramos os livros de Dorothy meio que ocultos também na página 124 da primeira edição da obra literária, pelas imagens ilustradas por William Wallace Denslow.

No filme, Dorothy observa os três funcionários da fazenda consertando uma carroça (03:18). A cena lembra a lâmina X, A Roda da Fortuna. Fica evidente aqui: está-se avisando que a sorte dos três irá mudar. Um dos funcionários está sem sorte, parece que machucou o dedo.

A cena deixa bem claro que devemos prestar atenção quando os personagens apontarem os dedos.

E o conserto daquela carroça é tão importante para aqueles três amigos (03:18) quanto foi retratado na página 105 da obra literária. É uma referência a qualquer lâmina VII, de qualquer edição do Arcano Maior, chamada O Carro. Os carros (no caso, as carroças) aparecem sem cavalos, para acentuar a ideia de falta de direção na vida desses personagens.

Mas o funcionário da fazenda, interpretado pelo excelente ator Ray Bolger (1904-1987), bate o martelo no dedo bem na hora que Dorothy o distrai de seu trabalho.

Essa cena é muito curiosa, porque remete à lâmina Oito de Ouros, do Tarô de Rider-Waite; simboliza nossa relação com o trabalho e as consequências se não prestarmos atenção ao que estamos fazendo.

Dorothy começa a sonhar acordada na cena da canção *Over the Rainbow* e se posiciona bem ao lado de um monte de feno (06:01). Esse *easter egg* (um segredo escondido) remete à carta de número 10 do Baralho Cigano, Valete de Ouros, que pode ser vista em algumas edições do Tarô de Lenormand, por exemplo, mas também nas suas variantes.

A carta, geralmente, quando sai na mesa de jogo, indica que algo pode ser ceifado de nossas vidas. Somente o cãozinho será tirado de Dorothy? Ou ela poderá perder outras coisas ainda mais valiosas, como sua casa e sua família?

Antes de iniciar a canção *Over the Rainbow* (05:46), Dorothy almeja, dirigindo-se ao seu cãozinho: "... um lugar aonde não se chega de barco ou de trem. E é longe, bem longe. Atrás da **Lua**".

A frase faz referência à lâmina XVIII, A Lua. É nessa lâmina que temos uma prévia das edificações que encontraremos mais tarde nos palácios da Cidade das Esmeraldas e no castelo da Bruxa do Oeste.

Aliás, não vou usar aqui o termo "Bruxa Má do Oeste", porque é evidente que houve uma má interpretação com relação às motivações dessa personagem.

A lua citada por Dorothy no filme, antes de iniciar *Over the Rainbow* (05:46), também aparece na página 35 da obra literária, bem como nas lâminas Oito de Copas e Dois de Espadas.

— OS ARCANOS DE OZ —

Quem estuda as cartas dos tarôs sente que, muitas vezes, os arquétipos das lâminas aparecem fragmentados, tanto na obra literária *The Wonderful Wizard of Oz* quanto na cinematográfica, *The Wizard of Oz* (ambas lançadas no Brasil com o título O Mágico de Oz).

No filme de 1939, há rodas sem pneus e pneus sem as rodas aparecendo na tela, como na cena (06:47 do filme), em que o cavalo está distante do carro, mas está lá. Se levarmos em conta a lâmina VII do tarô, com os dois cavalos representando a direção, diríamos que a base da vida de Dorothy são os seus tios Em e Henry (eles que a direcionam); e Dorothy, infelizmente, está prestes a perder essa família.

Aqui, nessa cena (06:33), Dorothy observa o sol, escondido entre nuvens, enquanto se segura em uma roda da carroça e canta o clássico *Over the Rainbow*.

As rodas permeiam todo o filme, mas são mais vistas no início e também no final da película. Nessa cena, além de mostrar que o mundo gira, a câmera posiciona a personagem ora em cima, ora ao lado da roda.

A cena faz menção direta à lâmina X, A Roda da Fortuna. Essa menção fica ainda mais evidente quando a câmera posiciona cuidadosamente o cãozinho Totó na parte de cima do quadro.

Aqui, Dorothy está entediada (06:23), tal qual o personagem da lâmina Quatro de Ouros do Tarô de Rider-Waite.

E aí entendemos por que a atriz Judy Garland, alguns anos mais tarde, reclamou tanto das gravações do filme, afirmando que foram muito cansativas.

É que, além de tudo o que Garland relatou, detalhes em toda a produção do longa-metragem, que envolvessem os aspectos arcanos, deveriam ser seguidos à risca pelos atores – na maioria das vezes, sem que o elenco envolvido tivesse a consciência do porquê disso.

Em *Over the Rainbow* (06:33), Dorothy canta: "Algum dia eu farei um desejo a uma **estrela**". O trecho faz referência à lâmina XVII, conhecida também como A Estrela. Nela é possível ver uma jovem banhar-se em um rio com duas ânforas, simbolizando um Dois de Copas. A Estrela é também o nome da carta de número 16, Seis de Copas do Baralho Cigano.

Em *Over the Rainbow* (06:33), Dorothy canta: "Em algum lugar, além do arco-íris, os **pássaros** azuis voam. Os pássaros voam acima do arco-íris".

O trecho da canção faz referência à carta 12, Sete de Ouros do Baralho Cigano, também chamada de Os Pássaros.

E se voltarmos à lâmina XVII, A Estrela, e procurarmos direitinho, encontraremos uma ave ali também.

Ainda em *Over the Rainbow* (06:33), Dorothy canta: "Algum dia eu farei um desejo a uma estrela: acordar onde as **nuvens** estão muito atrás de mim".

As Nuvens é o nome da carta de número 6, o Reis de Paus do Baralho Cigano. E as nuvens permeiam várias cenas, principalmente no início e no final do filme – bem menos ensolarado, diga-se de passagem, que o livro.

O Sol não aparece em nenhuma cena de modo explícito no filme, está tudo quase sempre nublado. A carta representa instabilidade e anuncia a chuva, ou até uma tormenta, como um ciclone.

A lâmina XVII, O Sol, e a carta do Baralho Cigano 31, Ás de Ouros, são mencionadas enquanto Dorothy observa o céu, ainda cantando (07:34); ali na mesma cena onde ela está bem próximo d'A Roda da Fortuna e d'O Carro.

Nessa cena, o Sol está oculto, assim como muitas das referências às cartas do tarô dentro das obras literária e cinematográfica.

Dorothy LIVED IN the midst of the great Kansas prairies, with Uncle Henry, who was a farmer, and Aunt Em, who was the farmer's wife. Their house was small, for the lumber to build it had to be carried by wagon

Sabemos que a referência à lâmina XIX, O Sol, é literal porque ela também aparece na página 11 da primeira edição do livro; da mesma forma que no filme, aqui menos oculto, entre as nuvens.

Lembrando que, segundo o narrador, no livro, ao contrário do filme, o Sol sempre está presente.

— OS ARCANOS DE OZ —

XIX

O Sol

A referência à lâmina XIX, O Sol, é tão literal que, para não haver dúvidas, a luz do astro atravessa a página 61 do livro e atinge em cheio um personagem com sua luz. É como se o conjunto das obras estivesse nos dizendo: "Siga o Sol!"

Dorothy sente que alguma coisa muito séria pode acontecer quando sua tia Em recebe uma missiva vinda do xerife do condado (no quadro 09:18). Na carta, que não pode ser ignorada pelos tios da menina, há uma autorização para que seu cãozinho Totó seja levado. A cena é uma alusão à carta 27 do Baralho Cigano, Sete de Espadas.

Totó é um cãozinho muito lindo e esperto, mas, sejamos francos, ele é, se não o responsável, o pivô de toda a confusão em que Dorothy vai se meter.

Ao contrário do que muitos pensam, Totó é a verdadeira figura central dessa história. Sua principal referência está nos Arcanos Menores, na carta de número 18, Dez de Copas do Baralho Cigano.

— OS ARCANOS DE OZ —

Totó também aparece na obra literária como figura central da trama. Ao contrário do Leão Covarde, ele não fala absolutamente nada estando na mágica Terra de Oz; mesmo assim, sua presença é marcante e nunca passa despercebida.

No filme, agora Dorothy perde o seu cãozinho Totó e está desolada, à beira da cama (10:41). A mesma cama em que, em seguida, ela adormecerá, depois que a janela bate na sua cabeça. A lâmina Nove de Espadas, do Tarô de Rider-Waite, também mostra uma figura desolada, em virtude de alguma situação ruim que deve ter se passado com ela.

— OS ARCANOS DE OZ —

Dorothy foge de casa porque querem tomar o Totó dela, o seu cãozinho de estimação, sua maior felicidade (11:11). Essa cena faz uma referência à lâmina O Tolo, nos tarôs de Marselha e Rider-Waite.

Nas cartas, percebe-se a presença de um animalzinho acompanhando o Tolo. É evidente que o personagem da lâmina virou um andarilho; a lâmina representa, muitas vezes, o início de uma longa jornada.

— 49 —

Já a cena da ponte com a lateral em formato de triângulo nos dá uma boa ideia aonde Dorothy estaria indo (11:17). Ou, pelo menos, aonde irá parar.

Em algumas edições da carta 20 do Baralho Cigano, Oito de Espadas, é possível ver uma ponte como aquelas dos jardins japoneses.

Não é *spoiler*, é uma previsão de até onde Dorothy pode chegar.

Nós sabemos que a obra cinematográfica aponta para os oráculos pictóricos e seus arquétipos porque há pistas em todo lugar.

Aqui, no início da cena com o Professor Marvel (11:22), lê-se: "Let him read your past, present and future", ou "Deixe o oráculo ler o seu passado, presente e futuro".

Mas, assim como na obra literária, as referências às cartas do tarô permanecem ocultas, pois aqui o Professor fará uso de uma bola de cristal que não funciona. Essa cena mostra um engodo, e a obra literária trata exatamente da questão dos videntes charlatões.

Dentro do carro do Professor Marvel é possível ver crânios soltos decorando o espaço (12:51). Eles remetem à lâmina XIII, A Morte. Mais à frente, percebe-se que a questão da mente, ou da falta de um cérebro, é assunto importante para dois personagens da obra: o Espantalho, que busca por um cérebro, e o Mágico de Oz, que, em princípio, se mostra por meio de uma grande cabeça.

O Professor Marvel finge ver algo em sua bola de cristal (13:46). Nesse momento, é possível ver uma estrela de cinco pontas no canto esquerdo da tela. O pentagrama, que remete ao elemento terra, está estampado em todas as cartas referentes ao naipe de ouros dos Arcanos Menores no Tarô de Rider-Waite.

Aqui, nessa cena, está se referindo especificamente ao Ás de Ouros, uma carta que, quando tirada, indica que é o momento de colocar em prática planos mais ousados, aqueles que sempre tivemos receio de arriscar. No caso de Dorothy, sua fuga. Mas ela não tem coragem para isso e tenta voltar para casa.

Você deve estar se perguntando: "Mas, se o tarô é referência para o filme, por que não colocaram as cartas para fazer uma referência mais explícita?". Provavelmente porque os que tiveram a ideia de colocar símbolos ocultos no filme queriam manter os símbolos tal como no livro: ocultos.

Mas lá está, sobre a pequena mesa redonda do Professor Marvel, uma coleção de lâminas do tarô. Alguém que não manipula lâminas poderia afirmar tratar-se de um volume de cartas qualquer. Mas não é o caso – nós, que manipulamos um tarô, sabemos muito bem do que se trata.

Silvester, o cavalo do Professor Marvel (15:02), aparece para nos lembrar da carta 1 do Baralho Cigano, o Nove de Copas. Os cavalos estão presentes em muitas cenas do filme, mas também nas cartas do tarô: desde algumas variações da lâmina XIX, O Sol, passando pela lâmina XIII, A Morte, que simboliza a morte de alguns aspectos psicológicos em Dorothy.

Um personagem do filme, mais tarde, lá adiante (trecho 59:58), deixa muito claro que os cavalos mudam de cor.

Uma alusão ao fato de que, dependendo da cor do animal, uma interpretação diferente pode ser feita por meio das cartas.

A humilde casinha com chaminé de Dorothy, acima, está prestes a voar pelos ares (15:09).

O aviso é dado pela carta 4 do Baralho Cigano, Rei de Copas. Cartas nem sempre revelam algo sozinhas; o ciclone, no fundo da cena, por exemplo, é uma junção do elemento água (naipe de copas) com o elemento ar (naipe de espadas).

Assim, a casinha com chaminé de Dorothy também é uma personagem à parte na trama. Segundo as tradições esotéricas, funciona assim: você até pode fugir de uma casa, mas a casa de onde saiu ainda estará dentro de você. Muitas vezes acompanhando, algumas vezes atormentando você.

O tio de Dorothy alerta os funcionários da fazenda para que soltem os cavalos. A cena é rápida, mas necessária, para deixar clara a alusão a esses animais, quando estão perto ou quando estão longe de seus carros (veja a roda solta, à direita na cena).

Em uma das lâminas, a XIX, O Sol, você pode imaginar Dorothy brincando com os cavalos desde a sua infância. Em outra, a lâmina XIII, A Morte, há uma referência bem direta ao fato de que os cavalos precisam ser soltos para não morrerem durante o ciclone. Os cavalos também estão presentes nas lâminas dos cavaleiros, nos Arcanos Menores.

> from growing as gray as her other surroundings. Toto was not gray; he was a little black dog, with long, silky hair and small black eyes that twinkled merrily on either side of his funny, wee nose. Toto played all day long, and Dorothy played with him, and loved him dearly.
> To-day, however, they were not playing. Uncle Henry sat upon the door-step and looked anxiously at the sky, which was even grayer than usual. Dorothy stood in the door with Toto in her arms, and looked at the sky too. Aunt Em was washing the dishes.
> From the far north they heard a

A relação da menina Dorothy com os cavalos não é literal na obra, de um modo geral, mas encontramos pistas dessa relação tanto no filme quanto no livro original (página 13). Nesse sentido, os cavalos fazem parte do universo de Dorothy, eles estão sempre rodeando a menina de algum modo.

A referência está oculta na página 13 do livro por meio de dois símbolos: um girassol e uma ferradura pendurada na entrada da casa. Esses símbolos apontam para a lâmina XIX, O Sol, do Tarô de Rider-Waite.

A lâmina II, A Papisa, dá o ar de sua graça no filme por meio da imagem de uma sábia velhinha, no quadro 11:49. Acho bem improvável, por causa do machismo presente na Igreja, uma mulher fazer o papel de uma papisa, então prefiro uma tradução mais literal: A Alta Sacerdotisa. De qualquer modo, lá está ela no filme, e, em vez de se apresentar em um trono, ela está sentada em uma cadeira de balanço. A alusão é correta, pois a velhinha na cadeira de balanço só aparece naquela janela, enquanto a casa, ou seja, a vida de Dorothy, está voando pelos ares. As duas colunas na lâmina de Rider-Waite podem simbolizar os dois tios de Dorothy.

"I thought you asked Dorothy to kill the Witch," said
 Scarecrow, in surprise.
 "So I did. I don't care who kills her. But
til she is dead I will not grant your wish. Now
, and do not seek me again until you have
ned the brains you so greatly desire."
 The Scarecrow went sorrowfully back to his
nds and told them what Oz had said;
d Dorothy was surprised to find that
great Wizard was not a Head, as she
d seen him, but a lovely lady.
 "All the same," said the Scare-
w, "she needs a heart as much as
 Tin Woodman."
 On the next morning the sol-
r with the green whiskers came
the Tin Woodman and said,

A Bruxa do Norte, no livro, é uma senhora idosa igual àquela que aparece na janela da casa de Dorothy, dentro do ciclone. Ela não é jovem como a Glinda do filme. Na página 130 do livro, aparece uma linda mulher na Sala do Trono de Oz. As presenças femininas na obra se confundem com as cartas; são mulheres fortes, rainhas ou bruxas, e, a meu ver, suas características apontam para a lâmina II, A Alta Sacerdotisa.

DAMA DE COPAS

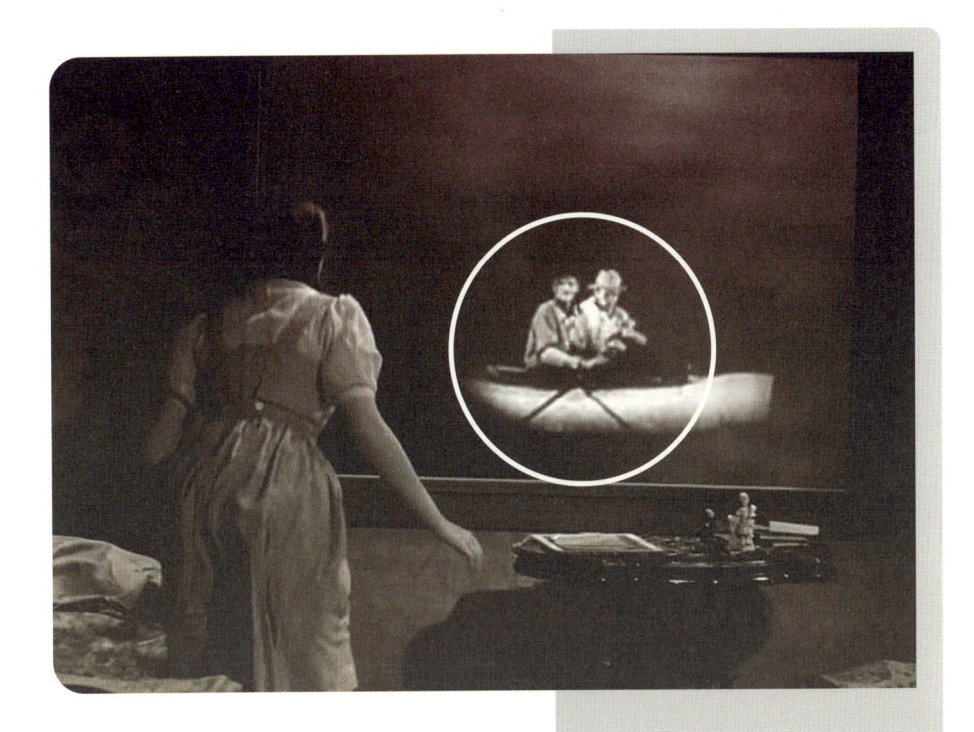

Dorothy também vê, pela janela, uma referência à lâmina Seis de Espadas do Tarô de Rider-Waite. Os personagens estão em um barco, uma referência às embarcações vistas na carta 3 do Baralho Cigano, Dez de Espadas.

"This is bad," said the Tin Woodman, "for if we cannot get to the land we shall be carried into the country of the wicked Witch of the West, and she will enchant us and make us her slaves."

"And then I should get no brains," said the Scarecrow.

"And I should get no courage," said the Cowardly Lion.

"And I should get no heart," said the Tin Woodman.

As obras cinematográfica e literária se complementam, visto que suas imagens nos remetem a signos e às cenas que estão guardadas dentro das cartas do tarô.

Além das referências iconográficas, mais explícitas, é possível encontrar as que estão ocultas nas cenas, nos diálogos e até nas canções.

Antes de iniciar *Over the Rainbow* (05:46), Dorothy filosofa: "Um lugar aonde não se chega de **barco** ou de trem. E é longe, bem longe. Atrás da Lua". Esse trecho faz referência à lâmina Seis de Espadas, do Tarô de Rider-Waite, assim como à carta 3 do Baralho Cigano, Dez de Espadas.

No quadro 17:56, vemos uma referência ao animal que se encontra presente na parte de baixo, à esquerda, na lâmina X, A Roda da Fortuna.

Os seres dessa lâmina representam os Quatro Elementos Clássicos: terra, fogo, água e ar.

Quando chega à Terra de Oz, Dorothy fica encantada com o jardim todo colorido em *Munchkin Land*. Nele vê-se a escada, a fonte, a ponte e todos os símbolos contidos em variantes da carta 20 do Baralho Cigano, um Oito de Espadas. A sequência inteira da cena, por coincidência, acontece quando o filme está em seus 20 minutos de exibição.

Parte da flora de *Munchkin Land* (20:46), com suas exóticas plantas, pode ser vista nas cartas 13 (um Valete de Espadas), 30 (Rei de Espadas), 2 (Seis de Ouros) e 5 (Sete de Copas), mas, principalmente, na carta 9, a Rainha de Espadas – todas elas presentes no Baralho Cigano.

Dorothy está encantada com o jardim de *Munchkin Land* – inclusive, parece ter ficado mais tempo nesse lugar do que mostra o filme.

No quadro 21:25, Dorothy encontra algo, como mostra a carta 13 do Baralho Cigano, Valete de Espadas.

As referências cruzadas são bastante herméticas e parecem se complementar o tempo inteiro, como se fossem parte de um todo; com um pouco de treino no olhar, vamos encontrando aqui e ali essas e outras surpresas.

A estrela de cinco pontas na varinha de Glinda, a Bruxa do Norte, não seria exatamente o mesmo pentagrama que estampa todas as lâminas do naipe de ouros do Tarô de Rider-Waite, pois falta-lhe o círculo em volta. Mas a letra da canção dos *Munchkins* (24:05) diz assim: "E Kansas, ela diz, é o nome da **estrela**".

Na obra literária, diferentemente do filme, a amiga do norte dos *Munchkins* tem na ponta de sua varinha a letra "N" e aponta para o norte.

As diferenças entre o livro, o filme e as cartas são sutis, mas nos dão pistas novas e nos levam a novas interpretações desse conjunto de obras.

Aí está um close do cãozinho de Dorothy (21:51), o sapeca Totó, que, durante toda a sua jornada, seguirá atento esses sapatos. Totó está também nas cartas do Tolo da lâmina sem número.

Durante algum tempo, próximo dos 23:07, Dorothy e Glinda ficam posicionadas bem abaixo de um gigantesco girassol. A planta está apontando para baixo porque no filme, como sabemos, o Sol está oculto. Então, o girassol segue quem traz luz a ele. Essa planta aparece tanto no livro quanto nas lâminas do tarô.

O Carro, a lâmina VII no Tarô de Marselha e no Tarô de Rider-Waite, aparece no momento 24:28. É um símbolo de realeza.

Dorothy se torna uma personagem importante de *Munchkin Land* por ter matado, mesmo que sem querer, a Bruxa do Leste. Uma vez que Dorothy literalmente caiu do céu, entre aquele povo ela ganha status de realeza.

A carta 9, Rainha de Espadas do Baralho Cigano, é chamada de O Buquê. Dorothy é a responsável pelo condado estar livre da Bruxa do Leste e, por isso, ganha um ramalhete de flores de um dos *Munchkins* (no momento 24:52 do filme). Perceba que, agora, não por acaso, Dorothy está sentada em um carro puxado por um cavalo, mas com o condutor à sua frente. A cena reforça o sentido de realeza.

É bem provável que as variantes da carta 20 do Baralho Cigano, O Jardim, foram usadas para retratar *Munchkin Land*. Em muitas delas, as escadas levam até uma entrada; no caso do filme, levam até a porta da prefeitura local. A escada, por sua vez, é um símbolo de ascensão social, que permeia os desejos e sonhos de Dorothy.

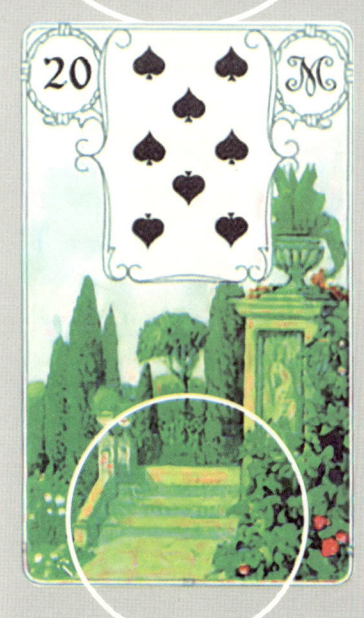

A cena acima (25:17) une duas cartas do tarô: a lâmina VII, O Carro, e a carta 9, Rainha de Espadas do Baralho Cigano, chamada de O Buquê. Essa é uma das razões que me levam a defender a tese de que houve um *crossover* nas obras e entre os tarôs de Rider-Waite e aquele chamado de Lenormand.

— OS ARCANOS DE OZ —

Dorothy está o tempo todo recebendo muitos agrados dos *Munchkins*, mas o principal presente é realmente um buquê de flores, porque remete diretamente à carta Seis de Copas dos Arcanos Menores do Tarô de Rider-Waite. Se as cartas não avisassem que Dorothy iria voltar para casa, pensaríamos que ela poderia até casar-se com um dos personagens da Terra de Oz.

Dorothy ganha novos amigos. Se pesquisarmos bem as diversas variações das cartas que compõem o Baralho Cigano, haverá razões para crer que ela ficou em *Munchkin Land* mais tempo do que mostra a obra.

A carta 13, um Valete de Espadas, por exemplo, mostra um círculo cuja sombra é representada no chão, e uma criança brinca. A meu ver, a obra parece apontar que a infância de Dorothy talvez esteja chegando ao fim.

Embora uma lâmina traga um conjunto diverso de informações, os símbolos e arquétipos que aparecem nas cartas do tarô geralmente são observados de modo independente.

As trombetas, que aparecem no quadro 25:40 e na página 231 do livro, remetem à lâmina XX, O Julgamento, presente nas edições de Marselha e Rider-Waite do tarô.

Todos os moradores de *Munchkin Land* querem atestar que a Bruxa do Leste está realmente morta, algo que um legista comprova, no quadro 26:46. A cena remete à lâmina XIII do tarô, A Morte. Dorothy não tem consciência, mas é como se fosse a morte de sua infância e o início de uma nova fase em sua vida, a puberdade, talvez. A carta 8 do Baralho Cigano, Nove de Ouros, também remete à morte.

A cena da morte da Bruxa do Leste remete à carta 8 do Baralho Cigano, um Nove de Ouros. É como a lâmina XIII dos tarôs de Marselha ou Rider-Waite: trata das questões relacionadas às consequências advindas da morte ou do fim de algo, de um período, de um ciclo em nossas vidas.

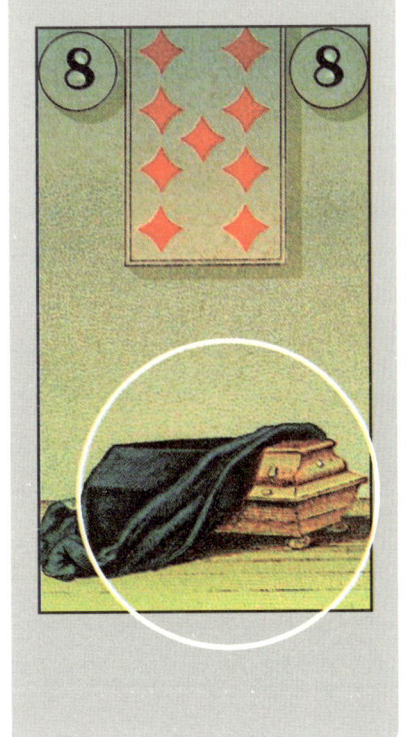

Dorothy não larga o buquê de flores que ganhou dos novos amigos. A carta 13, um Valete de Espadas, geralmente é vista como positiva e representa a inocência e a esperança no olhar infantil. Mas também denota ingenuidade perante um episódio de nossas vidas. Essa carta pode querer nos alertar de que estamos sendo ingênuos em uma determinada situação.

E os sapatos vermelhos de rubi, ou prata, dependendo da versão, que antes estavam nos pés da Bruxa do Leste – que a casa de Dorothy, sem querer, esmagou –, também passaram pelos pés do tolo da lâmina sem número. Mas, agora, estão nos pés da ingênua menina do Kansas.

Esses sapatos simbolizam o caminhar dos andarilhos que atravessam quilômetros e quilômetros em busca de si mesmos. Eles simbolizam a jornada do herói.

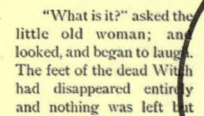

Toda a questão dos sapatos – vermelhos, de rubi ou prateados, dependendo da versão da obra – se torna importante porque, sabemos, precisamos de um bom calçado em uma caminhada ou peregrinação. Mas, se quiser, esses sapatos também podem levar você de volta para casa.

A lâmina O Tolo mostra o personagem com uma pequena sacola contendo poucos pertences e uma flor nas mãos. No caso de Dorothy, será sua cesta de lanches, talvez, e o ramalhete que ganhou dos *Munchkins*.

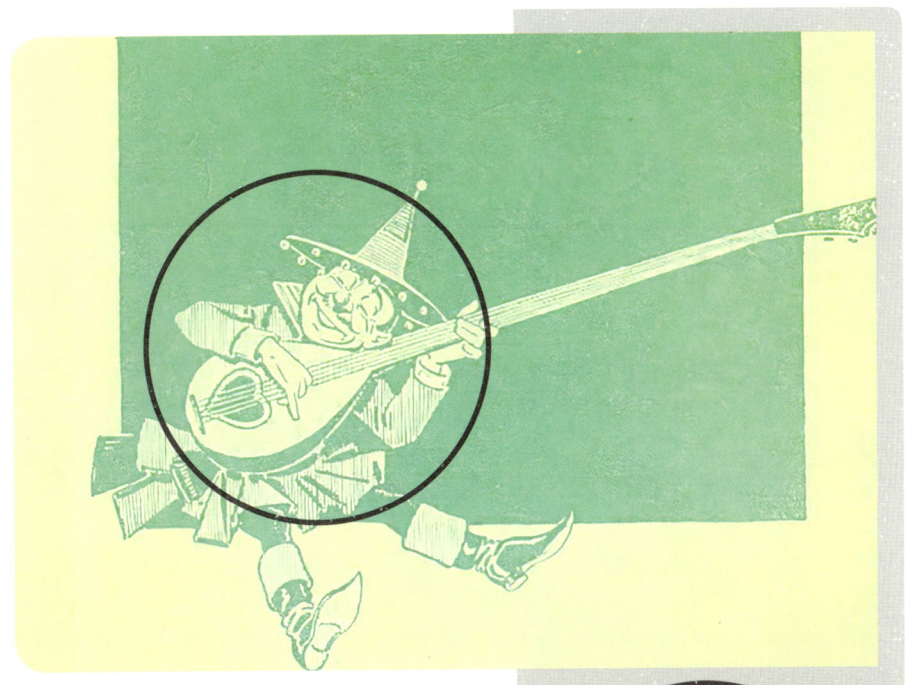

Os *Munchkins* são exímios trovadores, adoram música. A prova de que o escritor Baum e o ilustrador Denslow usaram como referência o Baralho Cigano em sua obra literária está na carta 4, Rei de Copas.

Na página 29 do livro, vemos um personagem tocando um tipo esquisito de guitarra com um coração na boca do instrumento. É uma referência ao naipe de copas.

Já na carta 4, o Rei de Copas também toca um exótico instrumento de cordas.

No ponto 33:45, Dorothy está deixando *Munchkin Land* pela Estrada de Ladrilhos Amarelos. Mas ela ainda está com o seu buquê de flores nas mãos. A carta 29, Ás de Espadas, do Baralho Cigano, nos dá um indício de que Dorothy, embora esteja sozinha, se encontra mais esperançosa em relação aos seus próximos passos.

"Siga a Estrada de Ladrilhos Amarelos", disseram a Bruxa do Norte e os *Munchkins* (33:43).

A menina Dorothy, então, sai da condição representada na carta 13 (Rainha de Espadas), de infância, passa pela carta 29 (Ás de Espadas), como se tivesse alcançado a puberdade, e cai direto na carta 22 (Dama de Ouros), do Baralho Cigano.

E, por falar em "Siga a Estrada de Ladrilhos Amarelos", antes de iniciar *Over the Rainbow* (05:46), Dorothy almeja: "Um lugar aonde não se chega de barco ou de trem. E é longe, bem longe. Atrás da **Lua**". O trecho da letra faz referência à lâmina XVIII, conhecida também como A Lua. É nessa lâmina que a tal da estrada de pedras amarelas aparece, dividindo as águas de um rio, e vai em direção ao centro da imagem, entre o que podem ser os castelos das bruxas do Leste e do Oeste. Aliás, como sabemos, porque é dito por Glinda no filme, a Cidade das Esmeraldas fica bem no centro da Terra de Oz. É só seguir a estrada.

Um trecho da Estrada de Ladrilhos Amarelos está bem no canto esquerdo da lâmina Seis de Copas do Tarô de Rider-Waite. Em algumas impressões, o trecho aparece em amarelo mesmo. Existe um contraste, para ficar bem clara a separação. Não é coincidência – se essa separação não fosse importante, ela não existiria nessa arte. Inclusive há um peregrino passando por ela.

No canto esquerdo da lâmina XIII, A Morte, na parte de baixo, vê-se a Estrada de Ladrilhos Amarelos permeando o rio.

Na mesma lâmina, no lado direito, estão as duas torres e o Sol oculto. São as mesmas torres vistas na lâmina XVIII, A Lua.

A Estrada da lâmina A Morte corre para a direita, e em algum ponto atravessa o rio em direção à lâmina A Lua.

Na lâmina Ás de Ouros, pode-se observar a Estrada chegando ou saindo de algum local com um portal de cerca viva.

As montanhas, prados, vales e campinas que ilustram o fundo do cenário do filme podem ser vistos nas cartas de número 21, Oito de Paus do Baralho Cigano. O cenário de fundo estampa todo o caminho da Estrada de Ladrilhos Amarelos desde quando Dorothy ainda está saindo de *Munchkin Land*, traduzida erroneamente como País dos Anões na dublagem brasileira do filme.

O Enforcado aparece na cena em que, depois de encontrar o Lenhador de Lata, Dorothy e o Espantalho, seguem pela Estrada de Ladrilhos Amarelos, à direita de uma casinha (47:35). No fundo, no filme original, está a imagem de um *Munchkin* enforcado. É fácil vê-lo, os dedos dos personagens apontam diretamente para a imagem (47:40). Reza a lenda que um dos atores anões teria se suicidado durante as filmagens. A imagem causou tanta polêmica que, mais tarde, foi tirada com técnica digital, na versão de 1998, e substituída por uma ave. Pelas informações disponíveis, ninguém se suicidou. Era mais uma tentativa, esta bastante infeliz, convenhamos, de retratar uma das lâminas do tarô.

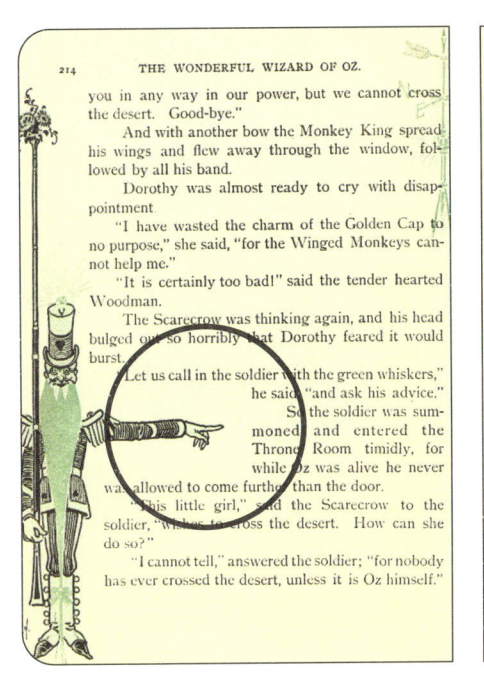

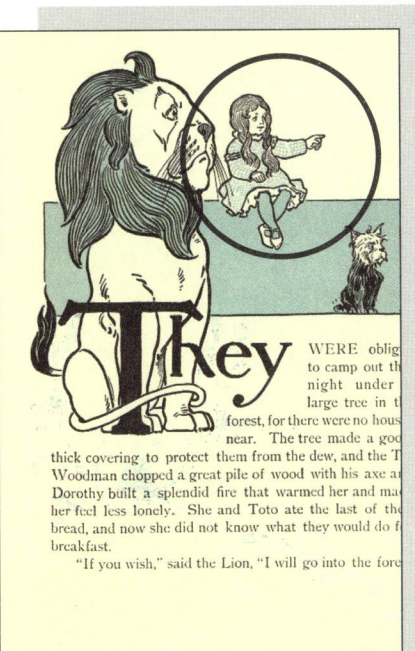

Desde o início do filme, no quadro 03:18, a obra avisa para prestar atenção na direção que os dedos dos personagens apontam. Dessa forma, no quadro 47:35, os dedos dos personagens apontam para O Enforcado, no fundo da tela. Na página 75 da obra literária, vê-se o Leão Covarde e Totó olhando para onde o dedo de Dorothy aponta. É uma referência à lâmina I, O Mago. Nela, o Mago aponta para o chão com a mão esquerda, e com a mão direita aponta o céu. Significa: "O que está em cima é como o que está embaixo", ou seja, o chamado Princípio Hermético da Correspondência.

Para não manter O Enforcado, do Tarô de Marselha, nas cenas de um filme infantil, a MGM resolveu trocar, com técnica digital, o anão enforcado por uma ave que simulasse a cegonha presente na carta 17, Rainha de Copas, do Baralho Cigano.

A escolha não foi aleatória, pois a ave já estava prevista no livro, mas é esse tipo de mudança no filme que acaba desviando nossa atenção nessa jornada.

— OS ARCANOS DE OZ —

Uma referência à carta 17, Rainha de Copas do Baralho Cigano, aparece no minuto 27 do filme. Na cena, veem-se crianças saindo dos ovos da cegonha.

Mas não existe nenhum O Enforcado no tarô. Ninguém está sendo enforcado nas lâminas. Na verdade, se prestarmos atenção, o personagem da lâmina XII está dependurado, e assim ele passou a ser conhecido.

E é exatamente a mesma situação em que se encontrava o pobre Espantalho (34:10). Alguma coisa o deixou com a cabeça fora do lugar, talvez um longo tempo na mesma posição. A própria jornada dele, dentro da história, se inicia quando Dorothy aparece em sua vida. É no exato momento em que o Espantalho aponta os dedos, brincando com Dorothy sobre qual direção ela deve seguir.

— OS ARCANOS DE OZ —

Tanto O Dependurado, da lâmina XII do Tarô de Marselha, quanto o Espantalho encontram-se em uma situação bem desagradável. Fica evidente a questão dos pensamentos, da mente, para o personagem, visto que é o que mais conta para o personagem da carta. Depois de solto, no filme e no livro, os dedos do Espantalho sempre apontam para sua própria cabeça, para evidenciar o problema com a ausência do cérebro (ou da capacidade de organizar seus próprios pensamentos).

XII

O Dependurado

— OS ARCANOS DE OZ —

No quadro 39:21 do filme, é possível ver uma ave em cima de uma árvore. É uma referência bem sutil à ave que se encontra na lâmina XVII, A Estrela.

Creio que, não fosse a classificação indicativa do filme, seria bem provável que veríamos Dorothy banhar-se em um rio, já que, na lâmina, a figura segura duas ânforas com água, apontando para um Dois de Copas.

Se em um eventual *remake* esses detalhes não forem previstos, as diretrizes da peça e dos filmes originais não terão sido seguidos a contento.

Dorothy está com fome, e a maçã que ela queria comer (40:00) pode ser vista na lâmina VI, Os Amantes. É nessa lâmina que encontramos a Árvore da Vida. Uma vez que se trata de uma obra infantil, tanto no livro quanto no filme, as questões mais adultas como menstruação e virgindade não são tratadas de modo claro.

E a árvore falante do quadro 40:00 pode ser vista nas cartas de número 5, Sete de Copas do Baralho Cigano. Não se trata de uma árvore qualquer, como as que ilustram a carta 29, Ás de Espadas, por exemplo; é uma árvore presente no Baralho Cigano, e por isso ganhou protagonismo na caminhada de Dorothy rumo à Cidade das Esmeraldas, como pode ser visto aqui e nas imagens da página seguinte.

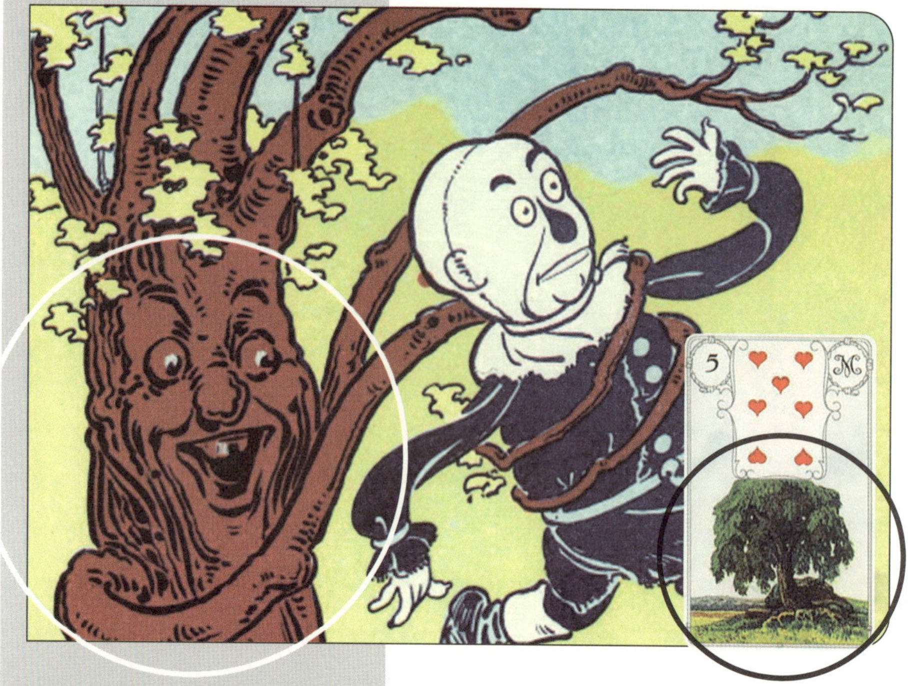
5

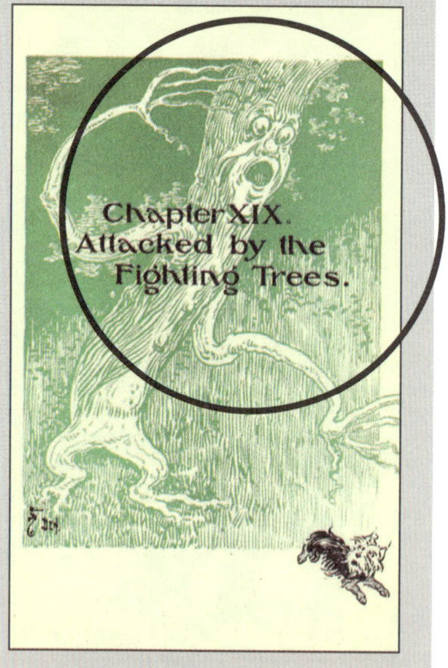
Chapter XIX.
Attacked by the
Fighting Trees.

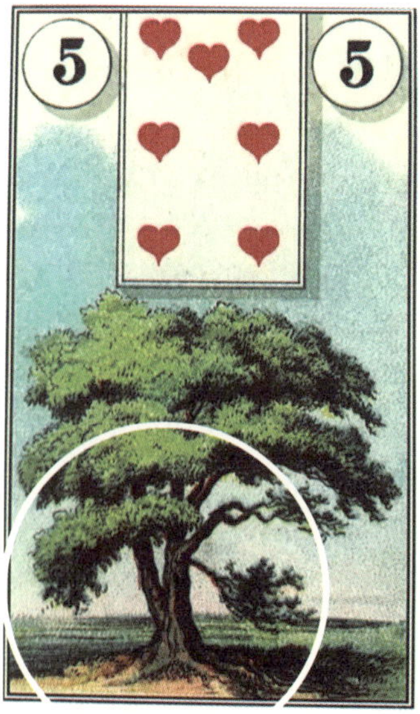
5
5

Os arquétipos relacionados ao tarô têm sempre como base os quatro elementos da alquimia medieval: terra, fogo, ar e água. Então, alguns objetos que aparecem durante o filme, como aquele em formato de regador que Dorothy usa para ajudar o Lenhador de Lata, e até o funil na cabeça dele, remetem ao elemento água. Encontramos esses objetos em algumas edições de certas variantes das cartas do Baralho Cigano.

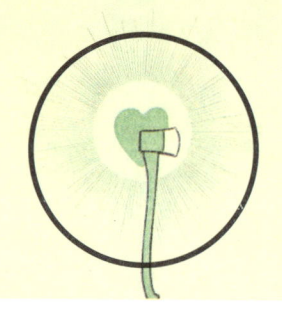

E quando afirmo que o funil que fica na cabeça do Lenhador de Lata também remete ao elemento água, é porque a própria obra literária nos dá pistas sobre esse assunto.

O naipe de copas, aquele que tem o símbolo de um coração, aparece nas páginas 190 e 191 do livro, para indicar esse caminho aos iniciados em ocultismo que estudam a obra.

A armadura e o cálice nas mãos do Cavaleiro de Copas dão pistas da conexão que há entre as ilustrações contidas no livro original e as lâminas do tarô.

— OS ARCANOS DE OZ —

VALETE DE COPAS

E não é fácil seguir as pistas, porque encontramos o Lenhador de Lata (40:52) também na lâmina Cavaleiro de Paus do Tarô de Rider-Waite. Ele só não está montado no cavalo, mas muitos animais estão soltos por ali, como mostramos no início deste estudo; mas o Homem de Lata está com o machado de madeira em punho, simbolizando as lâminas que representam os cavaleiros. O Cavaleiro de Paus remete ao elemento fogo. Sabemos disso por causa da cor vermelha do cavalo e da salamandra nas vestes do personagem.

Há pistas de que o personagem Lenhador de Lata seja a junção de dois ou mais elementos.

— OS ARCANOS DE OZ —

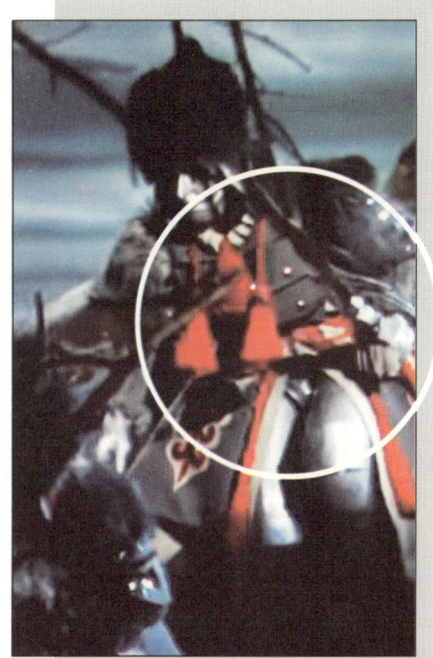

Para confundir nossas buscas pelo pote de ouro no final do arco-íris, em alguns momentos, tanto do filme quanto do livro, porém, temos a sensação de que o Homem de Lata também se mostra como um Cavaleiro de Espadas do Tarô de Rider-Waite.

Sabemos que os naipes do baralho que conhecemos representam os quatro elementos da alquimia medieval: terra (ouros), fogo (paus), ar (espadas) e água (copas).

Nessa cena, aos 46:26, o Lenhador de Lata, cujos objetos representam o elemento água, está em confronto direto com o elemento fogo, vindo da Bruxa do Oeste, que está lá em cima da casa, ao lado da chaminé.

O Homem de Lata, então, quando ergue o objeto, está fazendo o papel de um Valete de Copas, uma das lâminas presentes nos Arcanos Menores.

No quadro 46:02, a Bruxa do Oeste aparece bem próximo da chaminé. Em *Over the Rainbow* (06:33), Dorothy canta: "Acima do topo da **chaminé** é onde você me encontrará".

A carta A Casa, de número 4 do Baralho Cigano, Rei de Copas, mostra que, se você for uma pessoa disciplinada, isso o levará para o caminho das conquistas e realizações – no caso de Dorothy, o retorno ao lar. A carta revela que alcançamos uma confiança emocional por meio de nossos relacionamentos, que, no caso de Dorothy, são seus tios ou os dois novos amigos: Espantalho e Lenhador de Lata.

O filme segura a cena dessa casa por alguns segundos (47:56). Nessa cena, ao fundo, havia um *Munchkin* enforcado, mas a imagem foi alterada em uma nova versão do filme.

Nessa cena (49:37), Dorothy e seus novos amigos estão com muito medo, porque, segundo o Lenhador de Lata, naquele trecho da estrada podem aparecer tigres e até **ursos** (carta 15, Dez de Paus do Baralho Cigano).

Mas o que aparece mesmo é um leão, que os ataca. Trata-se do mesmo leão presente na lâmina Dois de Copas dos Arcanos Menores.

Na folha de rosto do livro, o Leão Covarde aparece preso a um Dois de Paus. E é claro que, estando naquela situação, o Lenhador de Lata irá ajudá-lo. Segundo a tradição, Dois de Paus significa basicamente planejamento diante de uma decisão, geralmente sobre questões que envolvem relacionamentos.

O Dois de Paus é uma carta que traz um cenário de dualidade, em que você pode se sentir inseguro ao ter que escolher entre duas opções.

— OS ARCANOS DE OZ —

DOIS DE PAUS

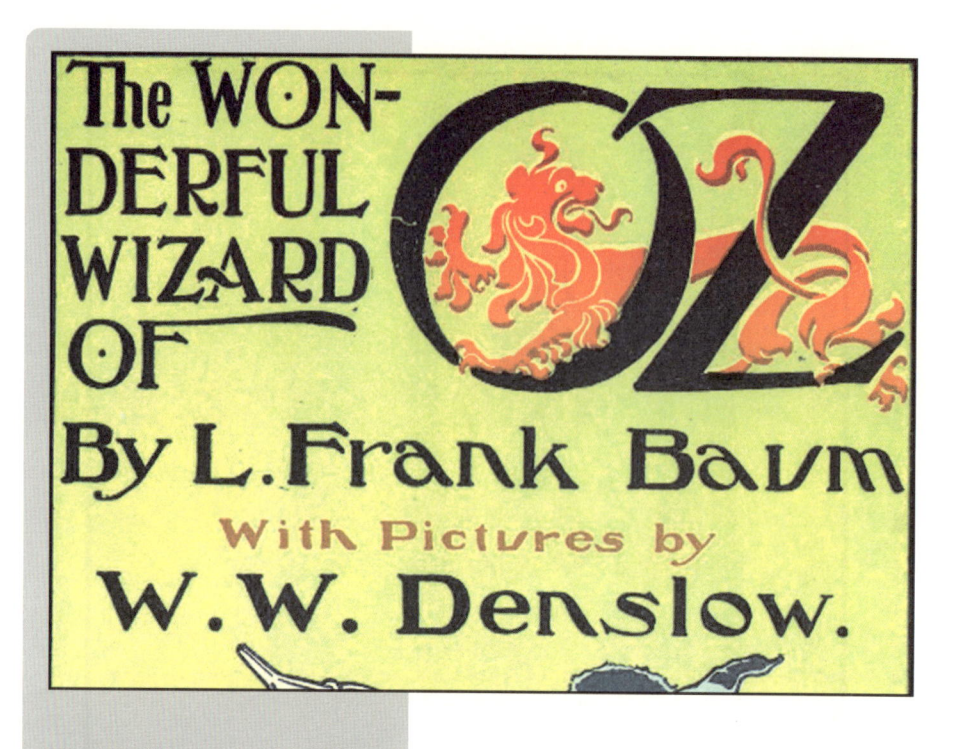

O leão aparece também na lâmina X, A Roda da Fortuna. Trata-se de um dos quatro seres localizados nos quatro cantos da carta (que representam, por sua vez, os Quatro Elementos Clássicos).

A importância do leão é tão evidente que ele está impresso tanto na capa quanto na folha de rosto da primeira edição da obra clássica.

Nessa cena (52:01), percebemos que Dorothy já domou o Leão Covarde, depois que ele tentou atacar o cãozinho Totó. Também, foi mexer logo com quem, não é mesmo?

Aqui é que Dorothy descobre que o Leão é, na verdade, um grande medroso. A cena remete diretamente à lâmina A Força.

A lâmina VIII, A Força, fala sobre dominarmos os nossos sentimentos, inclusive o medo. A própria Dorothy, minutos antes da cena acima, estava morrendo de medo do leão.

O mais interessante é que tanto os ladrilhos da estrada que levam para a Cidade das Esmeraldas quanto o fundo da carta são predominantemente amarelos. A escolha da cor não foi feita de modo aleatório pelos autores das obras. A cor não só é proposital como está nas lâminas ilustradas por Pamela Colman Smith.

— OS ARCANOS DE OZ —

VIII

A FORÇA

Um dos seres amórficos da lâmina X, de A Roda da Fortuna, aparece na obra cinematográfica, no quadro 53:23. A cara do macaquinho da cena até se parece com a do ser elemental que se encontra à esquerda na lâmina de Marselha.

As asas do macaco voador aparecem na esfinge, que se encontra na parte de cima da roda. A esfinge, inclusive, representa a junção dos quatro elementos. Todos os seres da lâmina, no entanto, têm rabo. Logo, o macaquinho do filme é um pouco de cada um dos três seres da lâmina X. O detalhe vermelho de seus trajes não nos deixa dúvida quanto a isso.

The SOLDIER WITH THE green whiskers led them through the streets of the Emerald City until they reached the room where the Guardian of the Gates lived. This officer unlocked their spectacles to put them back in his great box, and then he politely opened the gate

É claro que existem coisas no mundo que são coincidências, mas não é o caso da relação íntima e oculta existente entre as obras de Baum e os tarôs.

Chapter XV.
The Discovery of
OZ, The Terrible.

O globo que aparece na lâmina Dois de Paus, nas edições do Tarô de Rider-Waite, encontra-se no instante 53:23, lá atrás, posicionado entre a Bruxa do Oeste e um Macaco Voador. Nessa cena, inclusive, a Bruxa está, ao contrário do Professor Marvel, fazendo uso de uma verdadeira bola de cristal. O globo, ou o mundo, também aparece na mão esquerda da figura da lâmina IV, O Imperador.

Tanto na obra cinematográfica quanto na literária é preciso ter calma para encontrar as referências aos signos do tarô. Nada está ali à toa. A ave da lâmina X, A Roda da Fortuna, por exemplo, e o livro estão muito bem posicionados nessa cena do quadro 57:53.

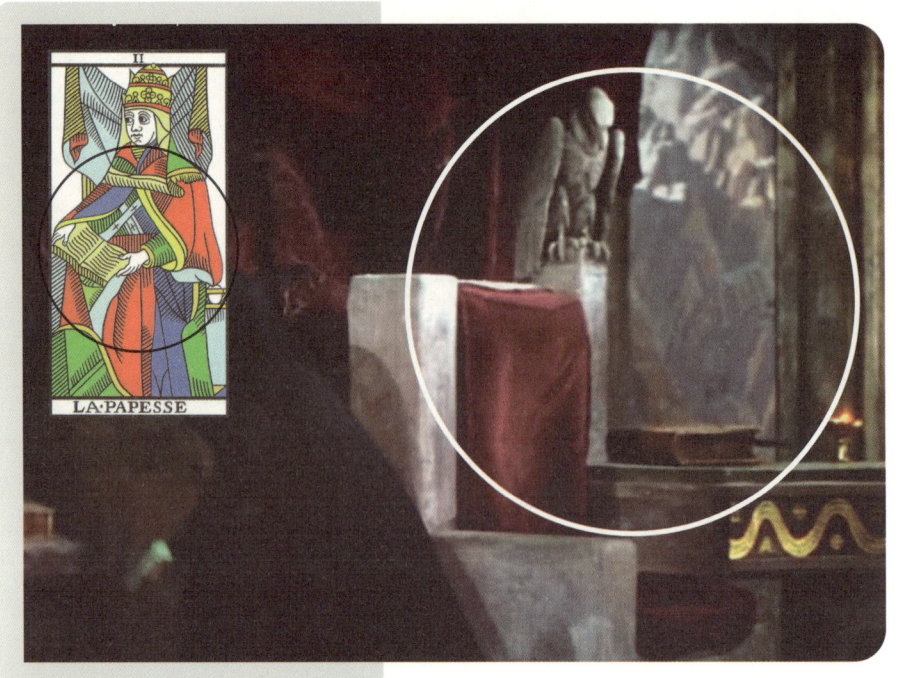

Os símbolos que representam os elementos terra, fogo, ar e água, presentes na lâmina X, A Roda da Fortuna, na edição Rider-Waite, estão também presentes em toda essa cena (57:53).

O grimório da carta 26, Dez de Ouros, está bem ali, ao lado do trono da Bruxa. O livro ao lado do trono também faz referência à lâmina II, A Alta Sacerdotisa. O filme usa esses objetos para fazer uma ligação com as cartas.

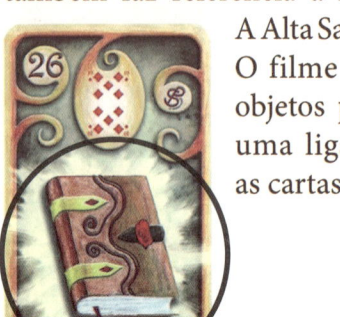

— OS ARCANOS DE OZ —

Mais adiante, no filme original, no quadro 1:16:28, voltamos ao cenário em que é possível ver, sobre uma mesa, detalhes dos grimórios que a Bruxa do Oeste usa em seus estudos de magia. Uma referência ao grimório presente nas mãos de A Alta Sacerdotisa é a lâmina II do tarô. Como já mencionei, a Bruxa do Oeste não é má; circunstâncias a levaram a tomar certas atitudes.

A cena do campo de papoulas mortais não é tão literal, mas está no tempo 55:48 do filme. A rosa branca, que em muitas tradições, simboliza pureza e iluminação espiritual, faz uma ligação com o Capítulo VIII do livro, intitulado "O Campo Mortal de Papoulas". No contexto do tarô, essa flor na carta da Morte pode representar a promessa de renovação e de um novo começo que se segue ao término de algo, em consonância com o simbolismo mais amplo da carta, que muitas vezes é entendido como uma representação de transformação e transição, em vez de morte literal.

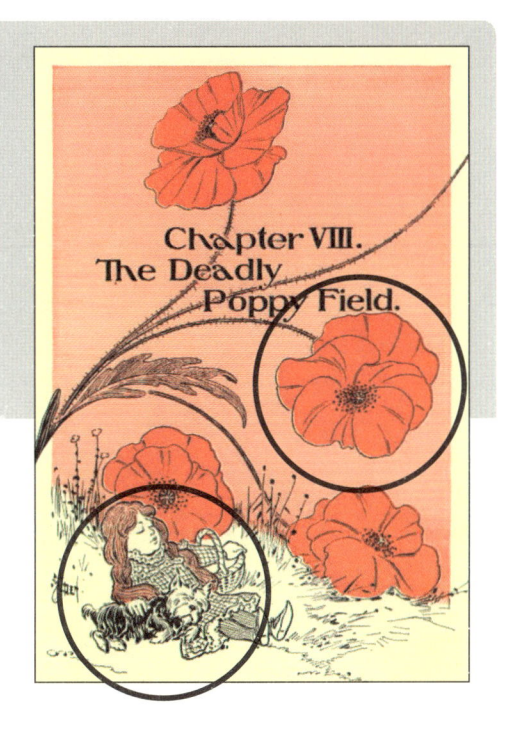

No Capítulo VIII ("O Campo Mortal de Papoulas"), Dorothy, o Espantalho, o Homem de Lata e o Leão Covarde entram num campo de papoulas. Logo Dorothy e o Leão adormecem, em razão do efeito narcótico causado pelas flores. Isso serve como um obstáculo perigoso em sua jornada para a Cidade das Esmeraldas.

"Que tempo esquisito, está nevando!?" (56'50). A cena faz referência à carta 14, Nove de Paus, do Baralho Cigano.

Essa carta, conhecida como A Raposa, mostra a neve; quando sai em uma mesa, nos avisa que precisamos de agilidade, esperteza e sagacidade. É que algo de ruim pode acontecer em nossa vida, uma situação chata de lidar.

No filme, há duas grandes edificações. Uma é o castelo da Bruxa do Oeste, e a outra está localizada na Cidade das Esmeraldas.

No quadro 57:59", vemos a torre da bruxa da carta 19, Seis de Espadas.

Em algumas edições pode-se ver até uma bandeira vermelha, que, pela cor, sabemos, representa o elemento fogo, o mesmo que a Bruxa do Oeste representa nas obras, tanto no filme quanto no livro.

A lâmina Ás de Copas é, muitas vezes, retratada como um palácio ou um castelo. E essa é a origem da inspiração para retratar a beleza tanto dos palácios da Cidade das Esmeraldas (página 108 do livro) quanto do castelo da Bruxa do Oeste. No caso específico do Castelo da Bruxa, em outra cena podemos ver o rio que corta lá embaixo a região, remetendo-nos ao elemento água do naipe de copas.

Vemos a Roda da Fortuna, lâmina X, nos portais da Cidade das Esmeraldas (58:16). Nas cenas seguintes, vamos perceber que muitos dos símbolos e objetos, além do cenário predominantemente verde, remetem ao elemento terra (naipe de ouros). Mas o conflito, vamos compreendendo aos poucos, não envolve especificamente o elemento terra; tanto que os personagens só passam por ele. O conflito está circunscrito, nessa história, aos elementos água e fogo.

Para adentrar os mistérios dos arcanos, precisamos sempre de uma chave. Ao contrário do filme, que não mostra a chave nas mãos do porteiro, na página 107 do livro há uma referência à carta 33 do Baralho Cigano, um Oito de Ouros. A chave também se encontra aos pés da figura da lâmina V, O Hierofante.

Não foi fácil entrar na Cidade das Esmeraldas. Dorothy e seus amigos precisaram convencer o guardião do portal (59:50).

Logo que os portais se abrem, observamos à esquerda, e também em todo o cenário, diversas rodas sinalizando A Roda da Fortuna. Elas estão por toda parte do cenário.

A Cidade das Esmeraldas, fica bem evidente, é uma cidade rica e próspera. Talvez, quem sabe, graças ao Mágico de Oz.

Segundo o guardião da Cidade das Esmeraldas, "Aí o cavalo muda de cor!" (59:58"). É quando novamente vemos a lâmina VII, O Carro.

Preste atenção nesse mesmo cavalo mudando várias vezes de cor: é uma referência aos diversos cavalos presentes nas cartas do tarô, cada um de uma cor. As cores estão, é claro, relacionadas aos quatro elementos.

A carta 11, Valete de Paus do Baralho Cigano, é chamada de Chicote. O objeto está na mão direita do condutor do carro (59:58).

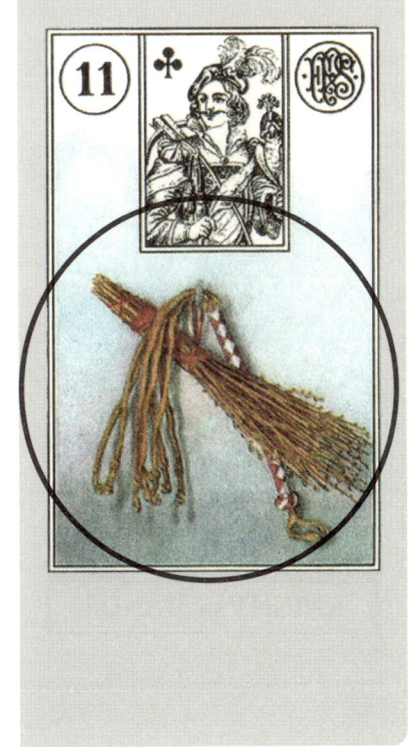

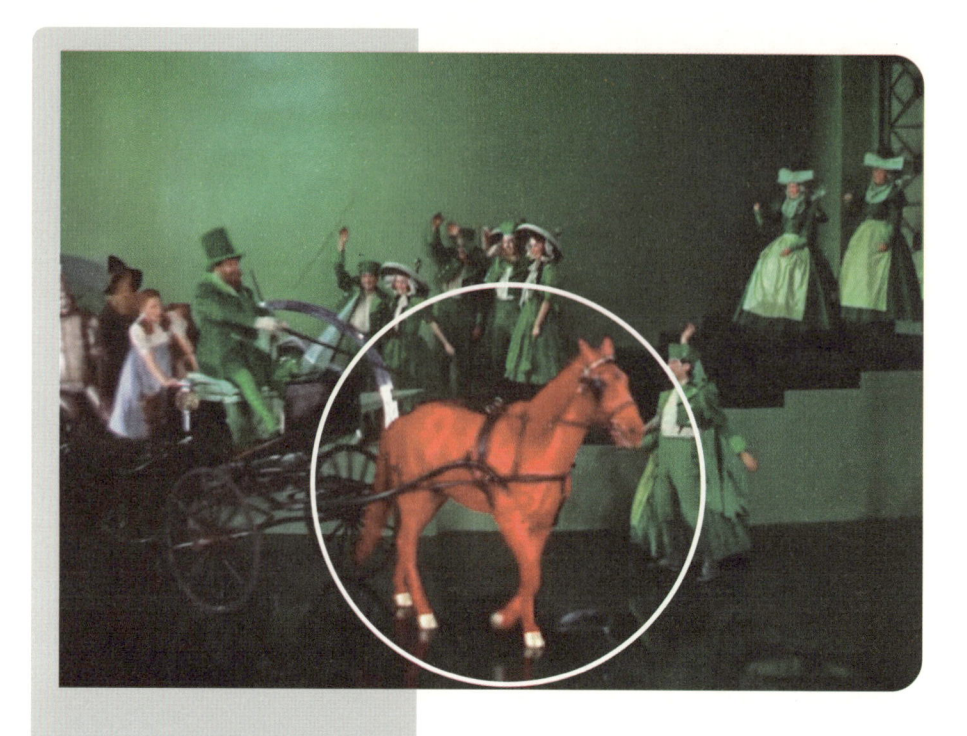

Nas cartas do tarô, as cores de cada cavalo levam a um tipo de interpretação diferente. Aqui, nessa cena, ainda na entrada da Cidade das Esmeraldas (1:00:50), o cavalo vermelho remete especificamente à lâmina Cavaleiro de Paus.

O naipe de paus é ligado ao elemento fogo. A carta está avisando que o tempo urge para Dorothy, pois a Bruxa do Oeste se aproxima da cidade.

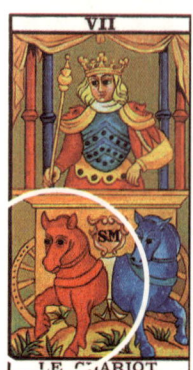

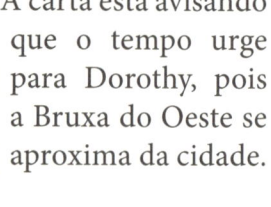

Precisamos de pistas para encontrar o pote de ouro no fim do arco-íris. No quadro 1:01:16, vê-se claramente três naipes de ouros acima da entrada do salão de beleza que há dentro da Cidade das Esmeraldas, um tipo de espaço de higiene e quarentena. O contexto da entrada é o mesmo da lâmina dos Arcanos Menores Três de Ouros, e a cena está sinalizando, como se dissesse: "Olhe para cima!". No filme de 1939, foi usada a imagem de um losango, que é um dos símbolos do naipe de ouros. Em um curta-metragem de 1910 (acima, à direita), um filme ainda mudo e em preto e branco (produzido pela Selig Polyscope Co.), a referência parecia ser até mais explícita.

E aí estão, lá em cima, no quadro 1:01:21, os detalhes para os quais a cena anterior dos filmes, da entrada do salão de beleza, queria nos chamar a atenção. Aqui, ao contrário dos símbolos e objetos meio que ocultos nas cenas, a informação é clara: "Olhe a carta X". Trata-se da carta de número 10 do Baralho Cigano, um Valete de Ouros.

Acima da cabeça dos trabalhadores de verde estão a foice e o feno.

Ainda sobre o quadro 1:01:21, é possível ver outra referência à lâmina X. À direita, está escrito "Super X", informando que, agora, trata-se de uma carta dos Arcanos Maiores, ou seja, A Roda da Fortuna.

E, para não haver dúvidas sobre a referência, há uma pista dela, à esquerda na tela.

Como afirmei no início deste estudo, as rodas são signos presentes entre os arquétipos escondidos nas imagens de todas as obras.

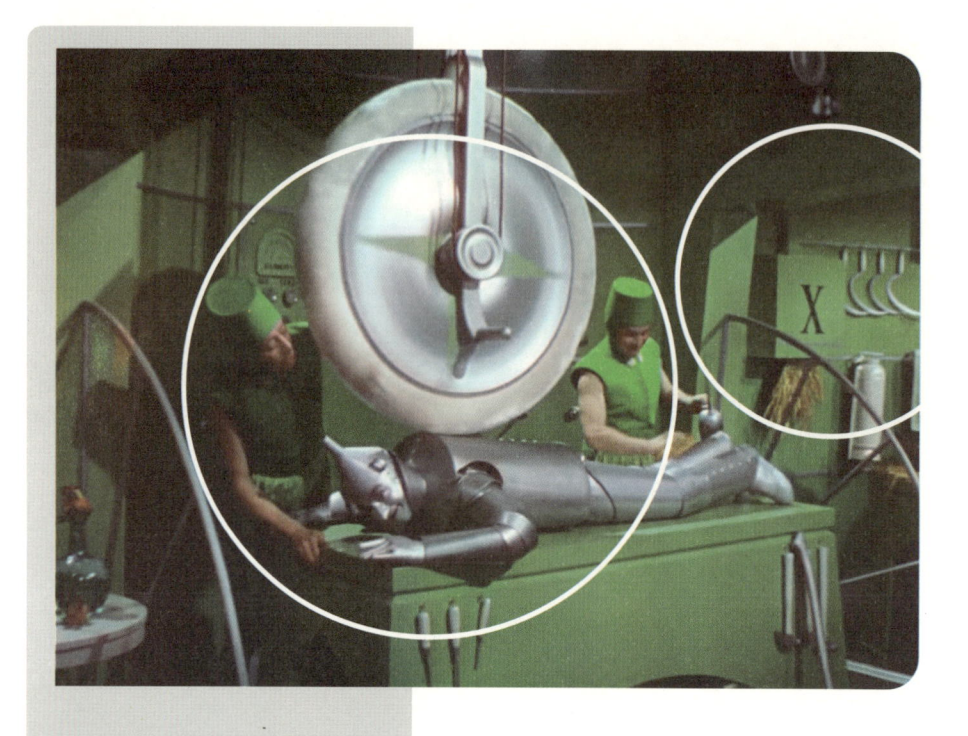

O quadro 1:01:31 mostra que a trajetória do nosso querido Lenhador de Lata está mudando. A roda sinalizada com a letra X está passando por sobre as suas costas, exatamente como acontece com uma figura *Typhon*, na lâmina A Roda da Fortuna da edição Rider-Waite.

Arthur Edward Waite, conforme já relatado, foi um místico naturalizado inglês, mas nascido norte-americano, contemporâneo de L. Frank Baum. Se Waite não participou dos bastidores da produção das peças de teatro de Baum, deve ter achado graça das referências às suas cartas no filme de 1939.

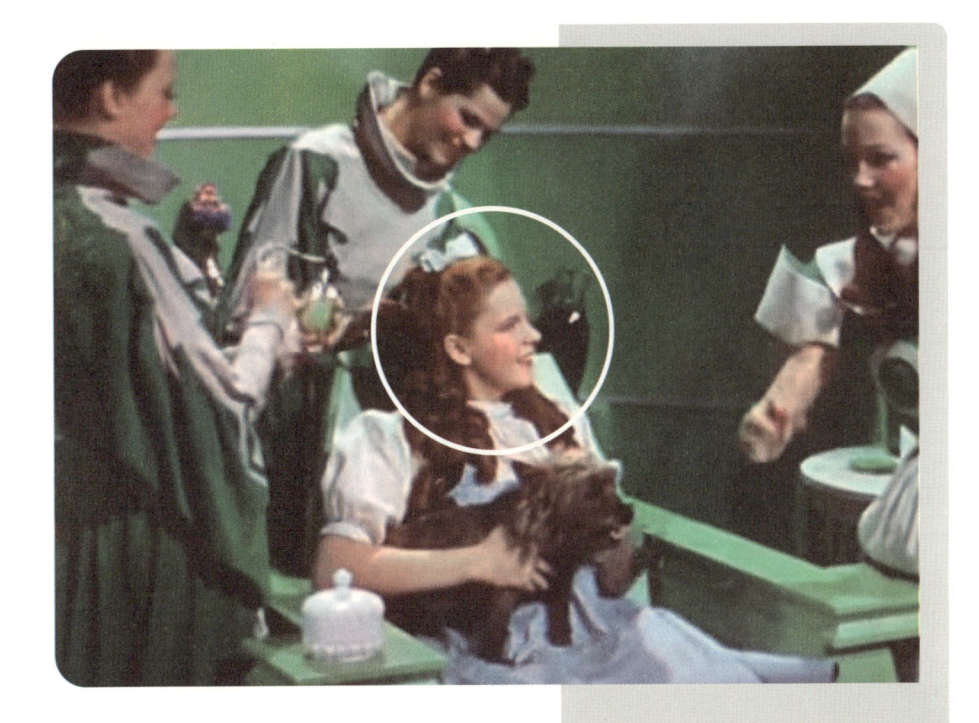

No quadro 1:01:36, Dorothy aparece, pela primeira vez, com o lacinho azul na cabeça. O objeto, pela cor, sabemos, remete ao elemento água; não estava no topo da sua cabeça cenas antes, embora ela mantivesse seus cachinhos presos.

O lacinho, na obra, representa o número oito deitado, ou o símbolo do infinito (a lemniscata). É uma referência à lâmina VIII, A Força.

No livro, conforme avançam as passagens, outros personagens também vão ganhando lacinhos, demonstrando avanço em sua própria trajetória.

Exemplo disso está no tempo 1:01:46: um lacinho também aparece, pela primeira vez, na juba do Leão Covarde. É igual ao do livro (em que essa cena aparece bem antes).

No filme, o laço é vermelho, para sinalizar o elemento fogo.

A cena se refere à lemniscata (o símbolo do infinito), presente nas cartas I, O Mago, do Tarô Rider-Waite.

Na edição Marselha, esse símbolo do infinito está escondido no chapéu do mágico e de outros personagens. E há uma aparição do símbolo do infinito na lâmina Dois de Ouros.

Na lâmina XXI, O Mundo, também encontramos uma referência ao laço vermelho que o Leão Covarde ganhou no salão de beleza da Cidade das Esmeraldas. Essa carta é a última entre os chamados Arcanos Maiores do tarô. O lacinho vermelho está ao lado da imagem de um leão; veja, tanto na lâmina quanto na ilustração do livro.

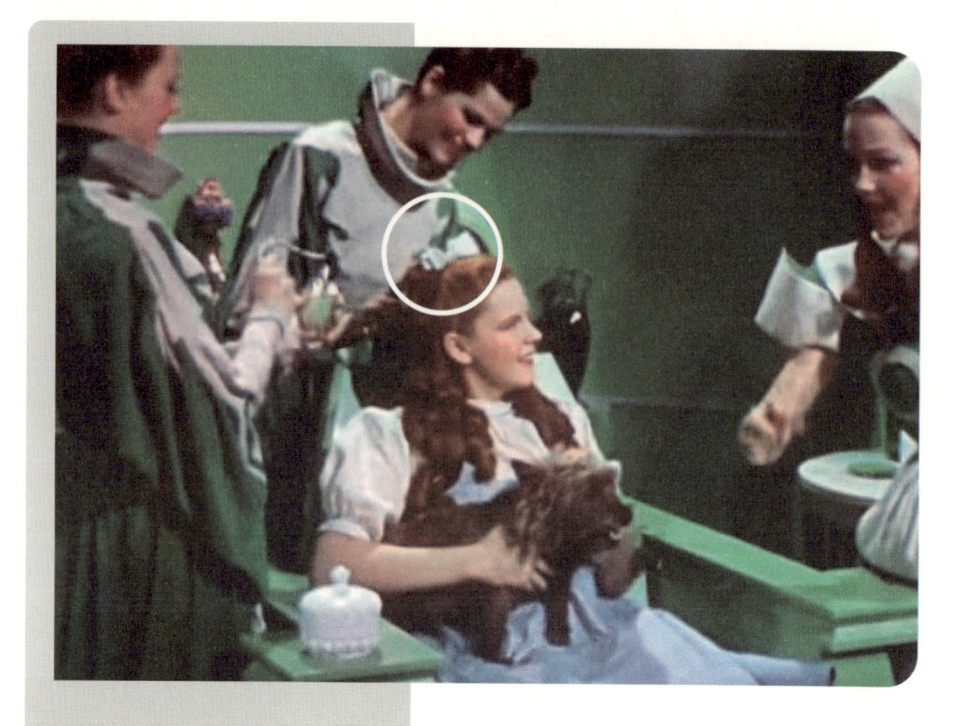

Curiosamente, nessa cena, no salão de beleza da Cidade das Esmeraldas, Totó não ganha o laço que representa o infinito. No entanto, na introdução da obra literária, Totó aparece com o laço bem em destaque no pescoço. No livro, há até outro personagem ligado ao naipe de paus que também recebe o laço.

— OS ARCANOS DE OZ —

VALETE DE PAUS

Enquanto aguardam pelo Mágico de Oz, no quadro 1:06:01, Dorothy e seus amigos Espantalho e Lenhador de Lata coroam o Leão Covarde. Certamente uma referência à lâmina Rei de Paus do tarô Rider-Waite; sabemos disso pelos símbolos de leões estampados no trono representado na carta.

O naipe de paus, o lacinho vermelho que o Leão usa e as salamandras remetem todos ao elemento fogo. E o manto que ambos estão usando é muito parecido. Na lâmina Dama de Paus, encontramos os mesmos símbolos – essa talvez seja a origem do perfil andrógino do Leão Covarde.

No quadro 1:10:46, vê-se o espectro do grande e poderoso Mágico de Oz. Na verdade, apenas a imagem do que seria sua cabeça, pois ele está escondido atrás de seus truques mágicos. Descobrimos, mais tarde, que ele não é um mago coisíssima nenhuma, mas, sim, um mero ilusionista. Tanto que, na lâmina I do Tarô de Marselha, O Mágico, não estão os objetos que simbolizam os Quatro Elementos Clássicos, como ocorre na lâmina do Tarô de Rider-Waite. Assim como o Professor Marvel, o Mágico de Oz não passa de um charlatão.

No quadro 1:12:42, o Leão, com medo do Mágico de Oz, se atira de uma das torres. Uma atitude drástica para quem vinha se empoderando cenas antes, além de impensada, visto que colocaria sua própria vida em risco. Essa cena é uma clara referência à lâmina XVI, A Torre. O Mágico de Oz é visto pelo povo da Cidade das Esmeraldas como uma espécie de semideus – uma das traduções para a carta *La Maison Dieu* é "A Casa de Deus". Alguém pode afirmar que se trata de dois personagens na carta, mas é preciso sempre isolar os significados, pois todos os signos do tarô devem ser vistos de forma isolada.

No quadro 1:12:51, vemos a cara de mau do personagem presente na lâmina XV, chamado O Diabo.

Mas não é o diabo; o diabo não passa de uma figura caricata que representa o mal. Com o mal existente no mundo é que precisamos tomar cuidado. E a lâmina, creio, deveria ser chamada de O Mal.

Aqui, na verdade, trata-se, segundo o próprio Waite, do Bode Chifrudo de Mendes, uma figura mítica que representaria o mal.

Em minha interpretação da carta, ela traz um aviso: "Cuidado, Dorothy, você pode ser aprisionada!".

No quadro 1:15:58, vemos que os Macacos Voadores passaram a foice no coitado do Espantalho. Ele ficou em frangalhos.

Essa é outra maneira de vermos a carta de número 10 do Baralho Cigano, um Valete de Ouros, que aparece de outras formas no decorrer da obra.

Há muitas torres no tarô. Há a lâmina XVI, A Torre, e a carta 19, Seis de Espadas, do Baralho Cigano.

Mas a cena do quadro 1:20:00, em que vemos os detalhes da torre da Bruxa do Oeste, refere-se à carta XVIII, A Lua. Nela há duas torres distantes uma da outra, simbolizando os dois mundos das irmãs bruxas que se confrontam e que colocaram Dorothy em uma situação incômoda, imposta a ela durante sua jornada.

Na lâmina XVI, A Torre, vê-se o desfiladeiro que leva às torres do castelo da Bruxa do Oeste.

Se as previsões do oráculo estiverem corretas, ali será o palco do confronto final entre os elementos água e fogo. Sabemos disso pela presença das cores dos personagens: azul e vermelho.

O filme também só mostra a morte da Bruxa do Oeste. Em contraste com a película, o livro é geralmente menos sombrio e não há muitas mortes explicitamente mencionadas na narrativa. Baum criou uma história de fantasia para crianças, por isso tende a evitar temas como morte ou violência explícita.

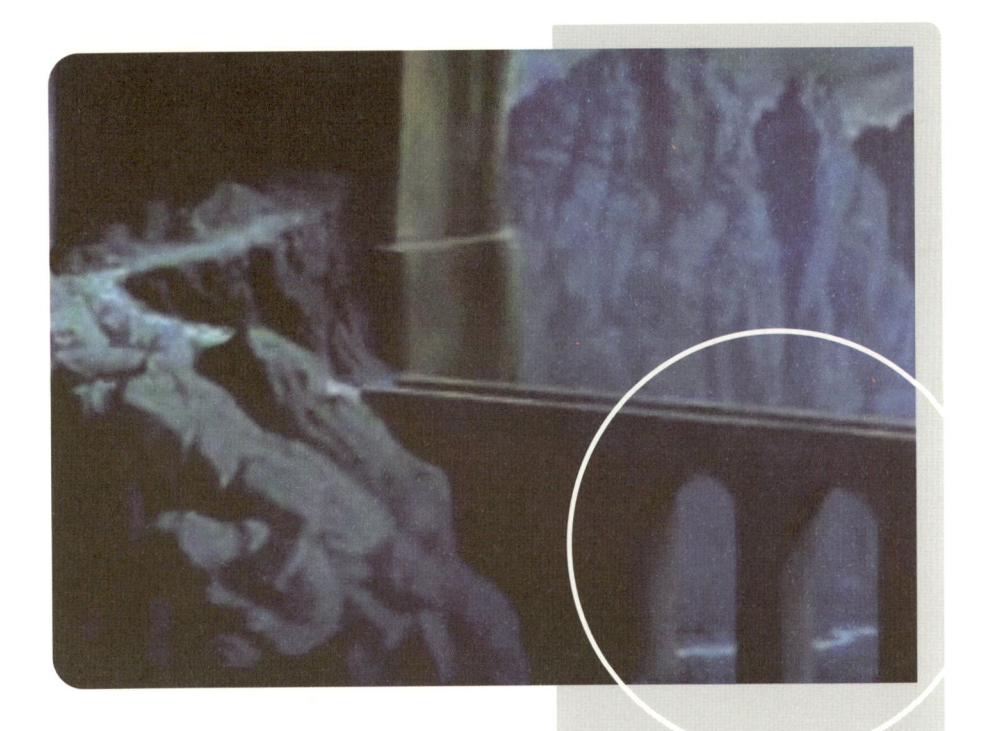

No quadro 1:16:10, vemos os arcos presentes na lâmina Dez de Copas da edição Rider-Waite. Há um detalhe na carta chamando a atenção para um castelo.

Sabemos que L. Frank Baum, o criador do universo de Oz, publicou a primeira edição de *The Wonderful Wizard of Oz* em 1900, e que Arthur Edward Waite, o criador do Tarô de Rider-Waite, publicou a primeira edição desse tarô em 1910. Ambos viveram nos Estados Unidos, então não é impossível admitir que tiveram acesso ao trabalho um do outro. É por essa razão que insisto na tese de haver um *crossover* entre as obras: a arcana, a literária e a cinematográfica.

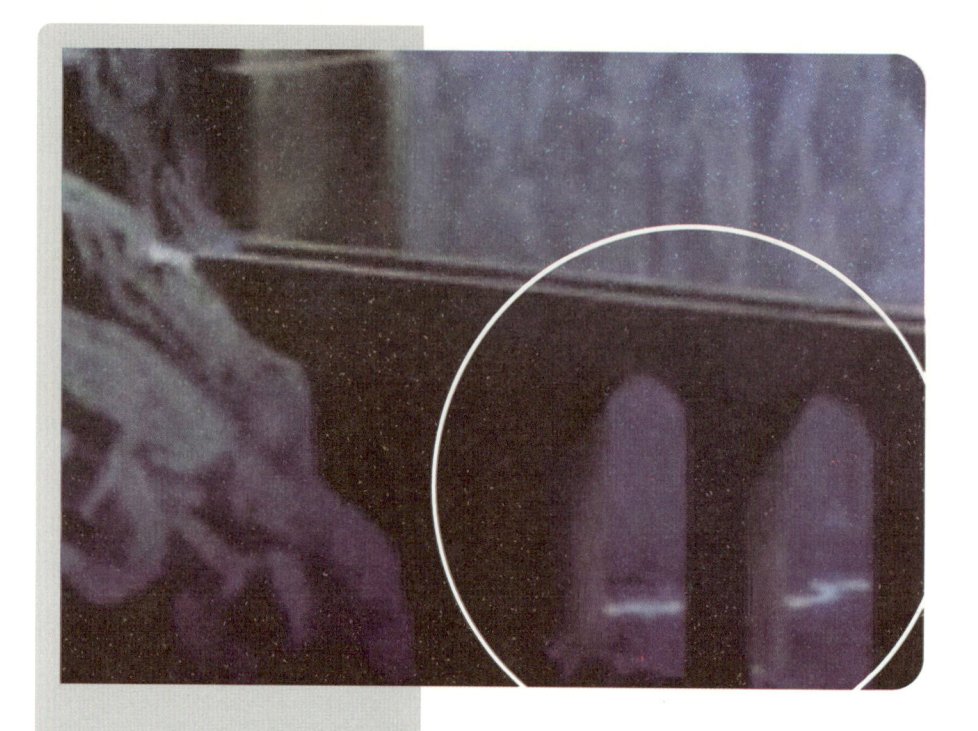

Os arcos que aparecem no quadro 1:16:10 podem ser vistos também na lâmina Cinco de Copas da edição Rider-Waite. Se observarmos à direita, tanto na cena do filme quanto na lâmina, veremos o castelo da Bruxa do Oeste e o rio que corre lá embaixo.

Esta cena (aos 1:16:22) está nos sinalizando que Dorothy, pela imposição de suas mãos, provavelmente, caso queira, também tem o poder de manipular as esferas oraculares. Afinal, ela está calçando os sapatos vermelhos de rubi que eram da Bruxa do Leste. A propósito, a carta 13 do Baralho Cigano indica que visões que você tinha sobre o futuro podem ter sido bem diferentes da forma como você as vê agora.

A Bruxa do Oeste deseja manter Totó e Dorothy presos em sua torre. O filme não mostra as correntes nessa cena, mas a carta XV, O Diabo, deixa claras as suas intenções para resolver a situação: em último caso, a bruxa pretendia prender Dorothy às correntes.

Na carta, a tocha na mão do ser que representa o mal remete ao elemento fogo. Suas asas demonstram que, assim como a bruxa, ele pode voar. E o pentagrama em sua testa o leva direto à conexão com tal bruxa. Mas a Bruxa do Oeste não é má. E Dorothy não tem consciência de que circunstâncias que ela ignora levaram a bruxa a tomar aquelas drásticas atitudes.

A lâmina do Arcano Menor Ás de Copas é, por excelência, o símbolo do elemento água. As referências aos quatro elementos por meio dos naipes do baralho não são tão explícitas na obra, mas estão todas lá – e esse cálice, no quadro 1:18:01, prova isso.

A Bruxa do Oeste representa o elemento fogo; sabemos disso por causa de sua vassoura (naipe de paus). Temos aqui, portanto, mais uma pista de que há um conflito iminente entre o elemento água e o elemento fogo.

É claro que, ao contrário do Professor Marvel, Dorothy sabe manipular uma esfera de cristal (1:18:49). Isso já havia sido sinalizado em uma cena anterior, antes de o cãozinho Totó ir buscar ajuda dos três amigos, que não subiram para o castelo. Dorothy, porém, age como se não tivesse consciência do dom que possui.

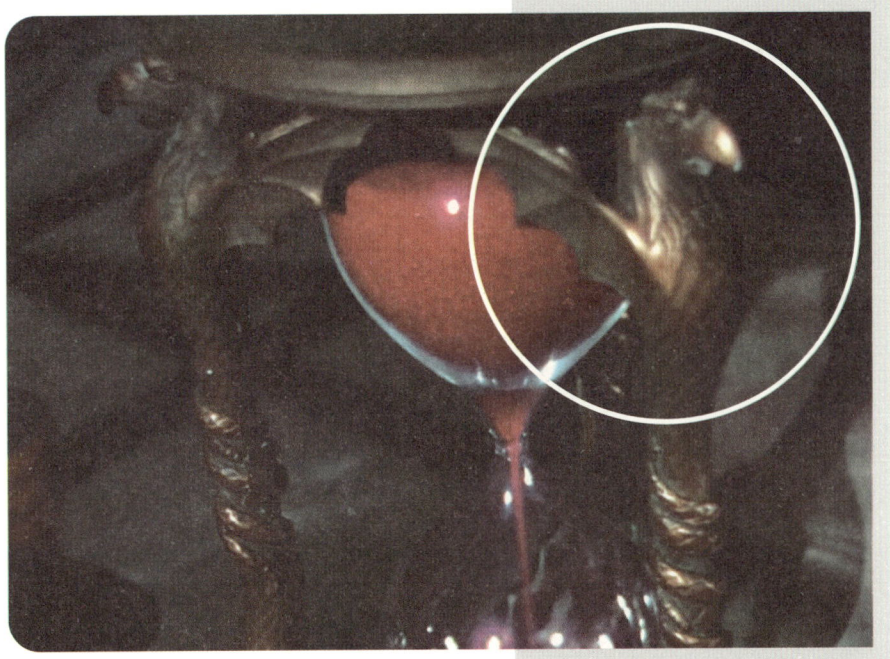

Na cena do minuto 1:18:18, aparece mais um dos seres antropomórficos presentes na lâmina A Roda da Fortuna. Assim como nessa cena, a maioria dos seres que se localizam nos quatro cantos da lâmina, se a gente perceber bem, estão com asas.

Anoiteceu no Oeste (1:19:24) e o cãozinho Totó desce o desfiladeiro para buscar ajuda dos demais amigos de Dorothy.

O desfecho não foi gravado de noite à toa. A cena remete à carta 16, Seis de Copas, do Baralho Cigano.

Sabemos que a referência é certa pois, segundos antes, a câmera focaliza uma ampulheta, chamando atenção para o tempo, que está se esgotando.

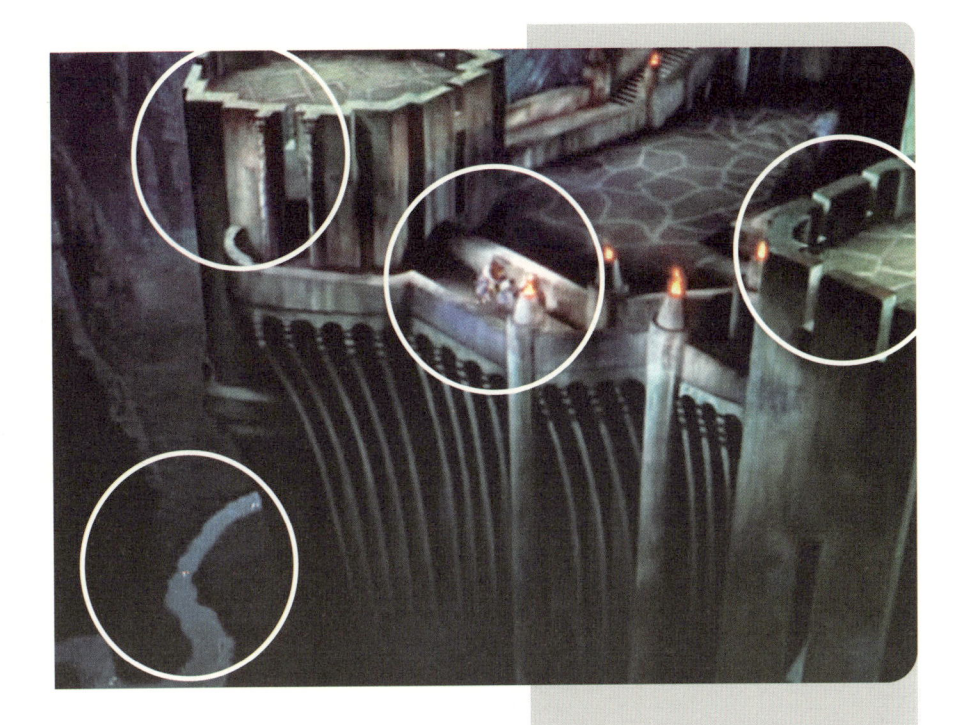

Depois que o Lenhador de Lata, o Espantalho, o Leão Covarde e Totó buscaram por Dorothy, podemos ver no quadro 1:25:42 um rio que corre lá embaixo, tal qual na lâmina XVIII, A Lua. Nela, além das duas torres da cena, vemos o rio.

Totó, cenas antes, inclusive, havia descido de uma das torres para buscar ajuda dos amigos.

As duas torres e o rio presentes nas cartas também estão todos lá, na tela. Essas referências simbolizam o estático e o fluido.

Os seres antropomórficos da lâmina do tarô A Roda da Fortuna também são bem representados aqui nessa cena onde a Bruxa do Oeste segura uma ampulheta (1:24:33). É quando vemos uma espécie de águia em formato de pedra do lado direito do Macaco Voador. Na lâmina, a águia se encontra entre as Quatro Criaturas Viventes de Ezequiel.

É importante levar em consideração que as aves, dentro dos arcanos, os cavalos, enfim, os seres elementais, estão espalhados por uma série de cartas e lâminas em que eles não precisam ser necessariamente protagonistas, mas são considerados figuras importantes, pois não podem ser desconsiderados.

Como vemos na carta III, A Imperatriz, esses seres elementais não precisam estar exatamente vivos e podem até parecer meros objetos decorativos – mas, acredite, não são.

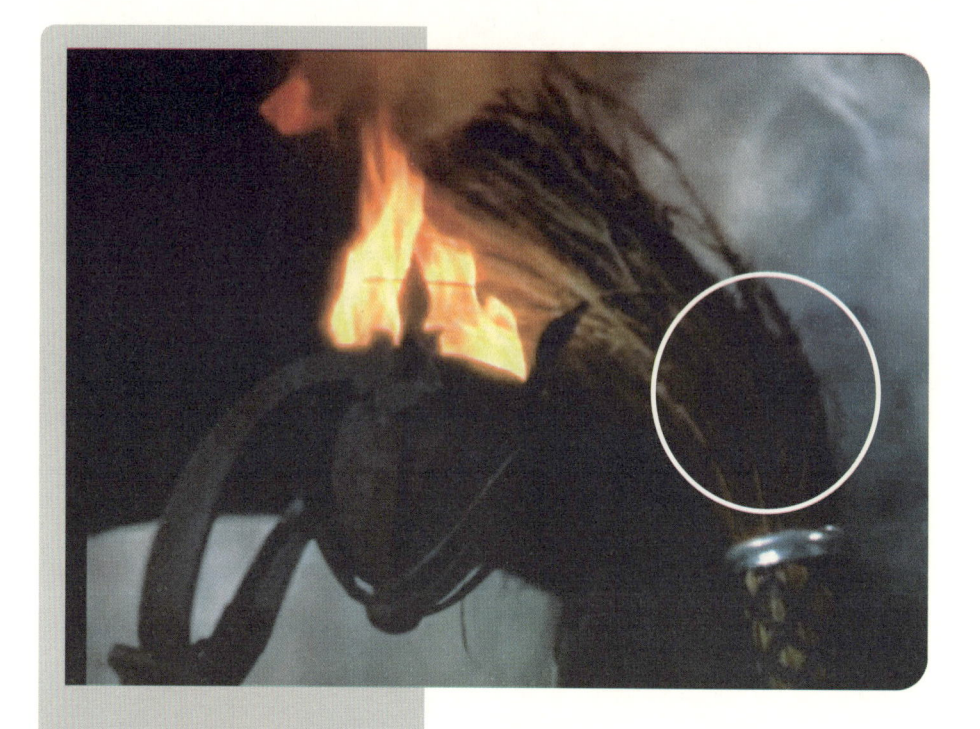

A Bruxa do Oeste usa a sua própria vassoura para atear fogo ao Espantalho, por uma razão muito simples: a vassoura representa o naipe de paus, que, por sua vez, está ligado ao elemento fogo (1:26:18). Com o poder de sua vassoura, a Bruxa do Oeste é uma verdadeira Rainha de Paus. E, não por coincidência, logo em seguida a Bruxa do Oeste é derrotada pelo elemento água.

A vassoura da Bruxa do Oeste, objetivo de Dorothy, por sua vez, é feita de palha e também tem a sua referência na carta 11 do Baralho Cigano, Valete de Paus; faz par com um chicote.

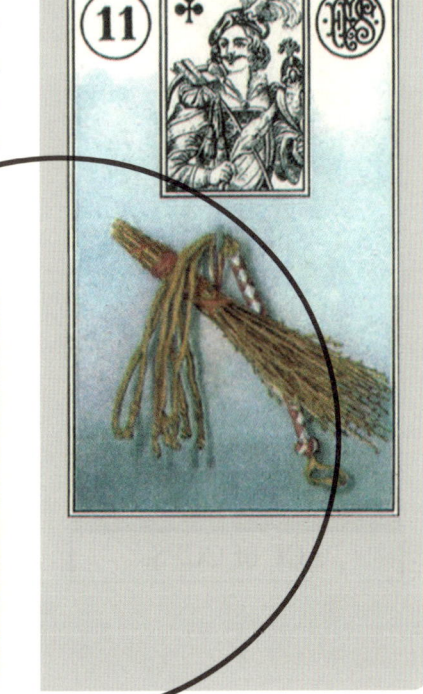

Na ilustração do embate entre os elementos fogo e água (página 155 do livro original em inglês), a Bruxa do Oeste até tenta se proteger usando um guarda-chuva.

O balde de água nas mãos de Dorothy simboliza o naipe de copas.

No filme (quadro 1:26:28), o balde de água aparece do nada, remetendo-nos automaticamente à lâmina Ás de Copas, que simboliza o elemento água fluindo para resolver uma questão urgente.

A ilustração da página 155 do livro, em que a menina Dorothy segura o balde de água, refere-se também às lâminas Pajem de Copas, Cavaleiro de Copas, A Temperança e A Estrela.

A vassoura da Bruxa do Oeste, que agora Dorothy e seus três amigos conquistaram, representa qualquer uma dessas cartas dos Arcanos Menores com o naipe de paus: Cavaleiro de Paus, Dama de Paus, Valete de Paus ou o Ás de Paus. Simbolicamente, significa que o elemento fogo foi vencido.

Agora, os quatro amigos levam o artefato para o Mágico de Oz.

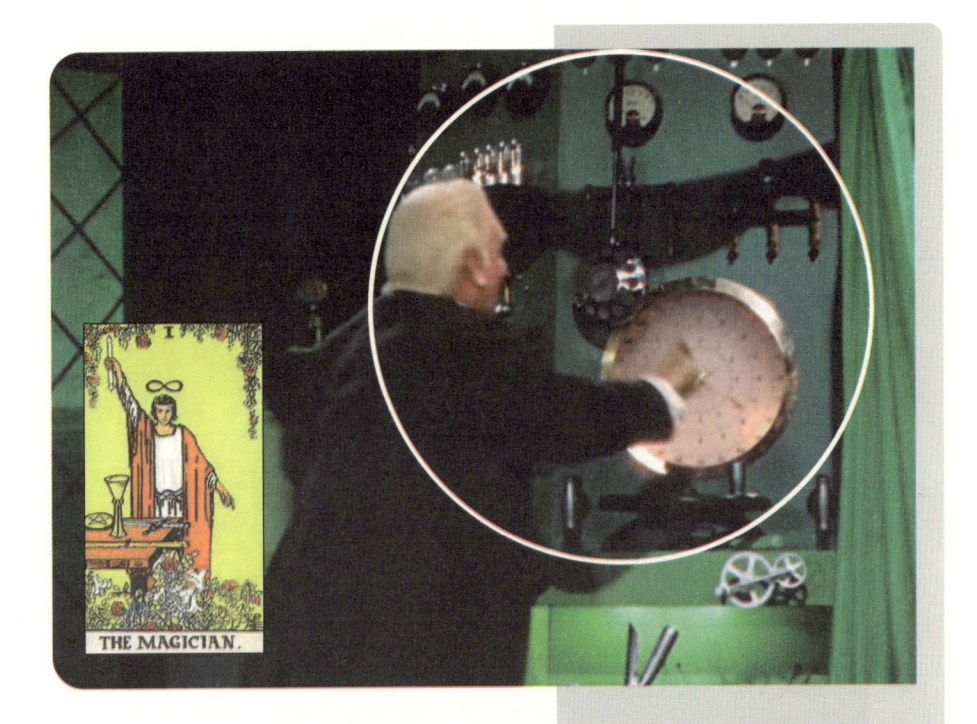

Os truques do grande charlatão de Oz são desvendados no quadro 1:28:43 pelo esperto Totó. A cena representa a carta I, O Mágico, do Tarô de Marselha. Nela não estão os objetos que simbolizam os Quatro Elementos Clássicos, como ocorre na lâmina I do tarô Rider-Waite.

Assim como o Professor Marvel, o Mágico de Oz não passa de um farsante. É preciso aprender a identificar a diferença entre um ilusionista impostor e um verdadeiro mago. Em sua jornada, Dorothy aprende isso da pior maneira.

— EDNEI PROCÓPIO —

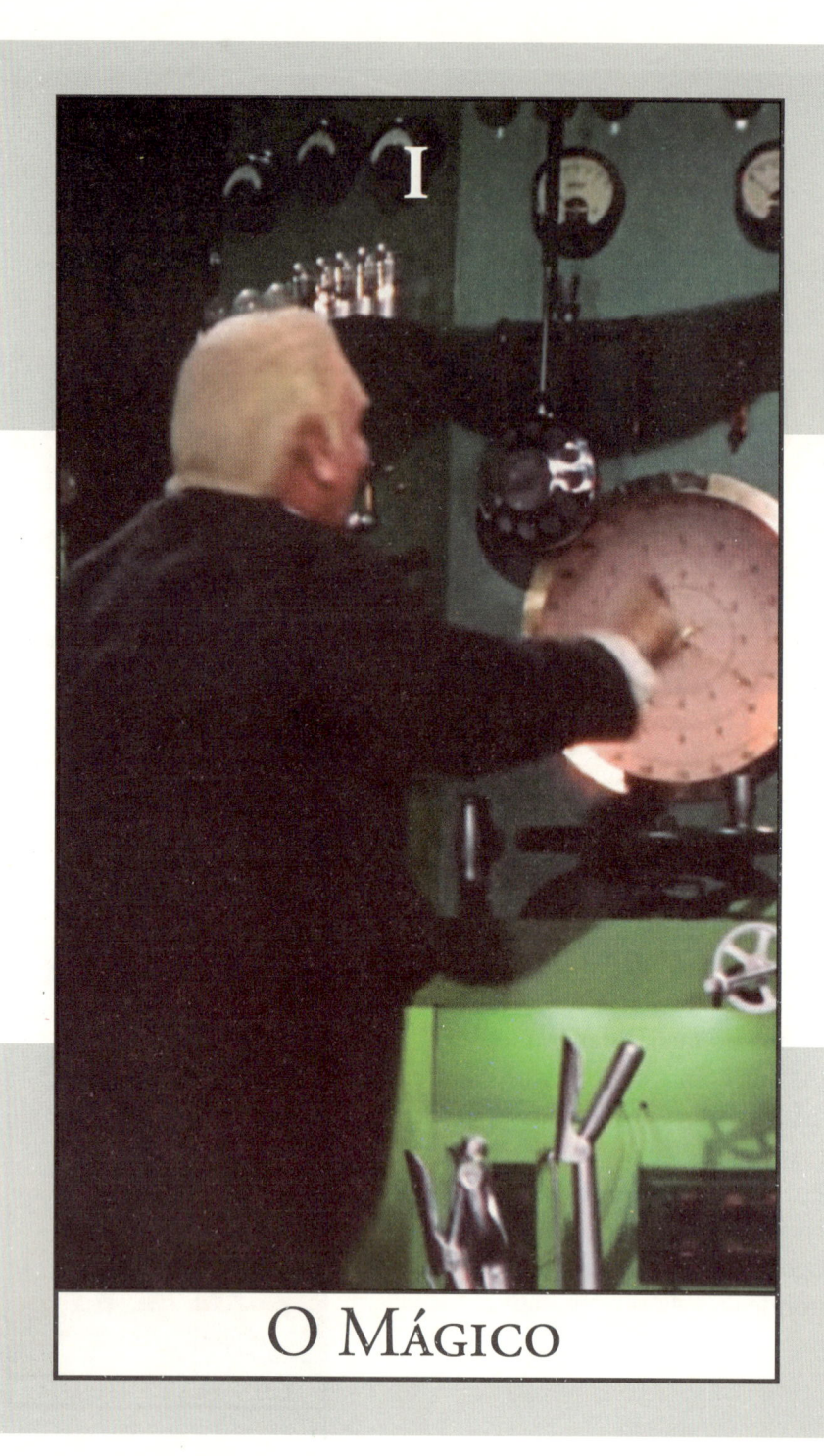

I

O Mágico

Felizmente, o Mágico de Oz se mostra um homem bom, e Dorothy e seus amigos não ficam sem ajuda. Então é possível conferir o diploma que o Espantalho ganha do Mágico de Oz (1:30:06), semelhante ao que se vê nas mãos de A Alta Sacerdotisa, a lâmina II do Tarô de Rider-Waite.

E, para não haver dúvidas sobre a referência, basta dar uma olhada também, excetuando as romãs, nas espigas de milho presentes nessa lâmina: são as espigas que tanto o Espantalho tentou proteger e, por causa dos corvos, não foi bem-sucedido. Às vezes, precisamos redescobrir os nossos reais dons e valores.

Em seguida, é a vez do Leão receber uma condecoração por sua coragem. Como sabemos, o leão é muitas vezes retratado como um símbolo do cristianismo, então a honraria é mais que merecida. Vamos encontrar a medalha da coragem que o Leão ganha do Mágico de Oz na carta 36, Seis de Paus, do Baralho Cigano.

O coração que o Lenhador de Lata recebe do Mágico de Oz (1:31:53) pode ser visto na carta 24, Valete de Copas, do Baralho Cigano. Depois de o Mágico de Oz ter usado uma cruz na cena anterior, e agora um coração, no mesmo contexto, será que há uma alusão ao chamado "Sagrado Coração de Jesus"? Pois é só unir as duas cartas.

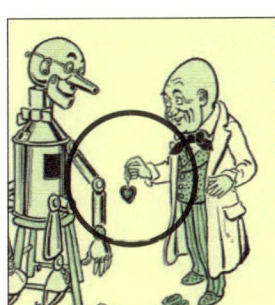

Aqui, Dorothy está muito feliz por poder finalmente voltar para casa. Ela será ajudada pelo ilusionista, que, antes dela, também veio do Kansas, em um balão de ar quente.

No centro do quadro (1:34:03) está posicionada uma Roda da Fortuna com suas esmeraldas incrustadas.

O balão simboliza o elemento ar; ao mesmo tempo, é a guinada que a roda dará na vida daqueles personagens.

Se mantivermos o foco no quadro 1:34:03, usando como referência a carta X, Roda da Fortuna, da edição Rider-Waite, perceberemos o balão usado como uma forma de alavanca para que a roda gire e mude a vida não só de Dorothy, mas dos seus amigos, incluindo agora também o ilusionista do balão de ar.

O ilusionista é representado pelo anjo, em cima, à esquerda na carta.

Cercada por seus amigos, Dorothy está prestes a voar de volta para o Kansas (1:34:35). Nessa cena, o Mágico de Oz passa a representar o anjo de asas também presente na carta XXI, O Mundo, a última carta entre os Arcanos Maiores. O bastão que representa o Princípio Hermético da Correspondência está nas mãos do Mágico no filme. Mas, na lâmina, é fácil ver a jovem Dorothy no meio da carta; em cima, à esquerda, está o Mágico; embaixo, à direita, o Leão. O animal que apareceu voando na janela da casa de Dorothy, dentro do ciclone, está embaixo, à esquerda.

No curta-metragem de 1910, mencionado anteriormente, a referência a Dorothy como a donzela da carta O Mundo é ainda mais explícita. Na cena, Dorothy ainda não está dentro do balão, mas é possível vê-la com o bastão que representa o Princípio Hermético da Correspondência nas mãos.

Ao contrário da carta A Roda da Fortuna, a carta O Mundo não traz os seres elementais com os livros nas mãos, denotando que Dorothy aprendeu a lição que recebeu.

— OS ARCANOS DE OZ —

Aí está: o gato! Graças a um gato, o cãozinho Totó colocou Dorothy em toda essa confusão, desde o início do filme. E um gato chama novamente a atenção de Totó no quadro 1:34:57, acabando mais uma vez com os planos de Dorothy. Foi assim que ela perdeu a carona para casa. Mas Dorothy ama Totó e não vai admitir que ele é o causador dos problemas.

Na lâmina Rainha de Paus das edições Rider-Waite, vemos o gato que causou tanta intriga entre a Srta. Gulch e Dorothy, e seus tios, no começo do filme.

Na obra literária, o autor usa o termo felino selvagem, ou seja, um animal não domesticado.

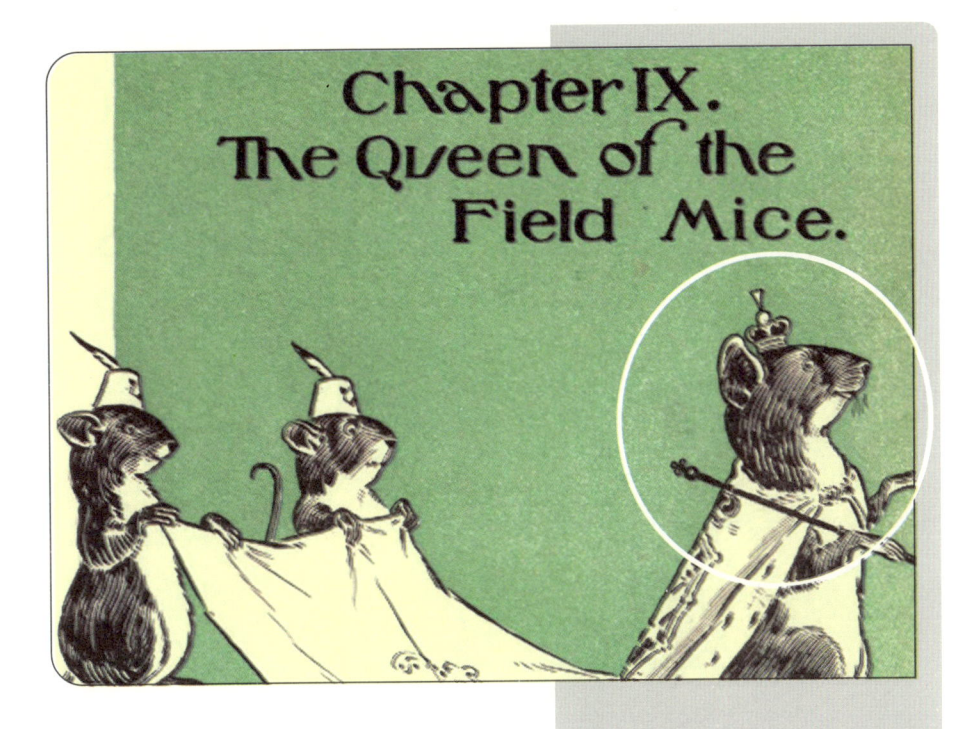

E, por falar em gatos, no filme de 1939 eles não aparecem, mas os ratos-do-mato estão em um capítulo todo especial para eles, com direito até a uma rainha – uma referência à carta 23 do Baralho Cigano, Sete de Paus.

Podemos interpretar as ações do cãozinho Totó como resultado de sua perseguição aos gatos e aos ratos.

Outro personagem que aparece no livro, mas que não dá as caras no filme, é o Joker ou Coringa. Assim como a carta O Tolo, sabemos que no baralho o Coringa também não é numerado.

Na verdade, O Tolo é uma carta que está entre os Arcanos Maiores e os Arcanos Menores. Ora pode fazer o papel de um arcano, ora o de outro. É uma carta que pode ligar pontos e por essa razão caminha livremente entre os arcanos. Representa tanto o início quanto o final de uma jornada.

O filme não mostra, mas, no final do livro, Glinda, a mesma que ajuda Dorothy a voltar para casa no filme, aparece como uma Rainha de Copas.

Sabemos da referência ao naipe por causa dos corações que aparecem em muitos lugares, nas páginas do livro (imagem acima). Em uma delas, inclusive, Totó está lá com seus óculos para nos chamar a atenção para isso. À direita na carta, e abaixo, em uma página do livro, vemos o Três de Copas. Essa carta representa a celebração, a amizade, a colaboração e a comunhão.

Três de Copas

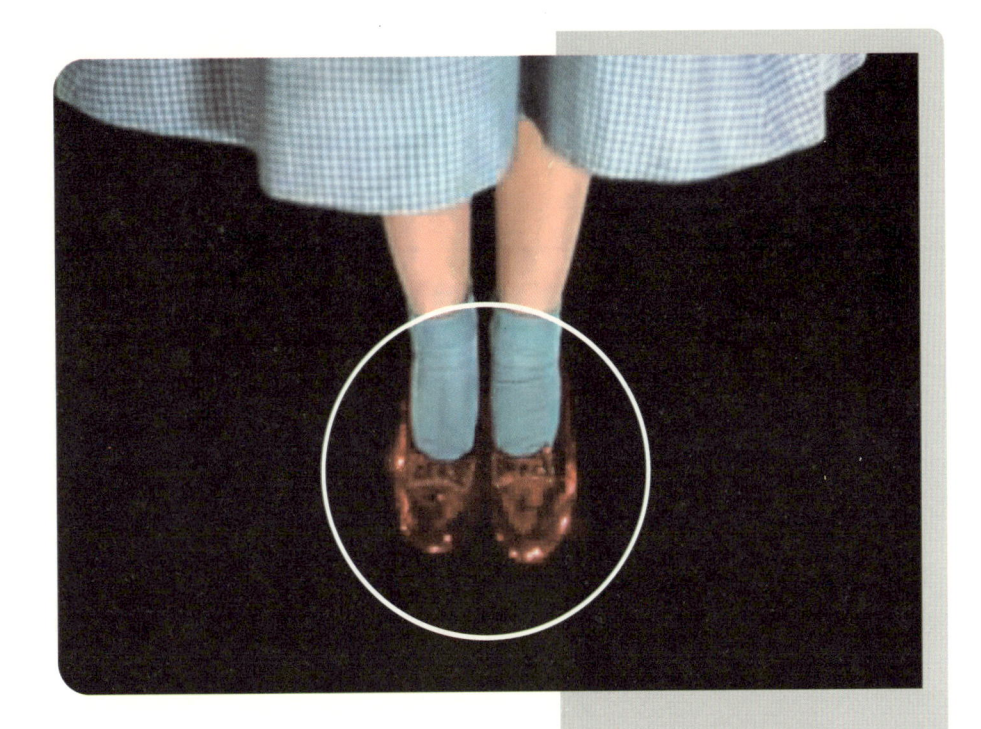

Agora é só Dorothy bater os sapatos de rubi um no outro para voltar para o Kansas. Foi o que lhe disse a Bruxa do Norte.

"E por que não explicou isso antes?", perguntou o Espantalho, que, agora, pensa por si mesmo.

Conforme explicado no início de nossa jornada, a lâmina O Tolo não tem nenhuma numeração entre os Arcanos, exatamente porque a carta simboliza tanto o início quanto o final de uma jornada.

E ela aparece aqui novamente, porque a jornada de Dorothy está chegando ao fim.

Há mais referências às falas dos personagens, tanto no livro quanto no filme, que remetem diretamente aos Arcanos Maiores e Menores. Aqui, preferi dar atenção às imagens do livro e do filme. O que descobri, vou permitir que outros, assim como eu, também descubram e cheguem ao mesmo pote de ouro que eu encontrei no final do arco-íris.

Antes, gostaria de encerrar chamando a atenção, mais uma vez, para as nuvens. Elas aparecem tanto no começo quanto no final do filme. E As Nuvens é o nome da carta de número 6, o Reis de Paus do Baralho Cigano.

Voltamos, então, a *Over the Rainbow* (06:33), quando Dorothy canta: "Algum dia... quero acordar onde as **nuvens** estão muito atrás de mim."

As nuvens às quais Dorothy se refere na letra estão espalhadas por diversas cartas do tarô. Nas cartas, as nuvens simbolizam o lado invisível, o mundo espiritual.

Preste atenção nos quatro cantos da lâmina X, A Roda da Fortuna, mas, principalmente, na lâmina XXI, O Mundo.

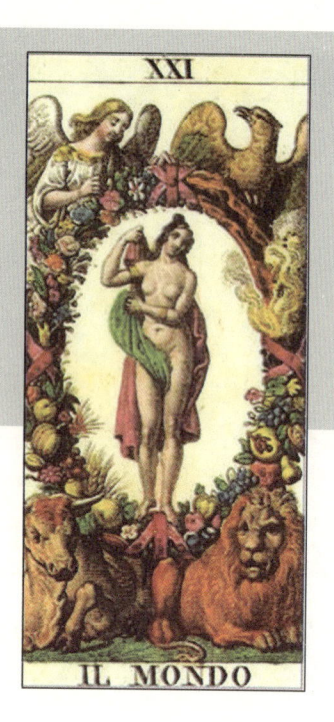

A chave para os mistérios ocultos do tarô foi codificada por meio dos Quatro Elementos da Natureza Real: terra, fogo, ar e água. É fácil reconhecer nas quatro cores das lâminas do Tarô de Rider-Waite, ou nos quatro naipes dos Arcanos Menores do Tarô de Marselha, os elementos básicos para decodificar essa chave.

Os signos desses quatro elementos foram mencionados de forma simbólica por visionários, como o sacerdote Ezequiel, que profetizou de forma análoga, em algum ponto do século VI a.C., sobre Quatro Criaturas Viventes.

Os mesmos signos foram utilizados pelo evangelista João, durante seu exílio na Ilha de Patmos, para descrever profecias em seu Livro do Apocalipse.

O conhecimento a respeito dos Quatro Elementos da Natureza Real foi trancado em uma caixa, atravessou tempos imemoriais, desde os dias do deus Thot, no Egito Antigo, até chegar aos tempos atuais, por meio da arte desenvolvida pelos alquimistas durante a Idade Média. A carta O Mundo encerra esse conhecimento em seu centro. Nela encontramos Dorothy após avançar em sua própria jornada.

— OS ARCANOS DE OZ —

XXI

THE WORLD.

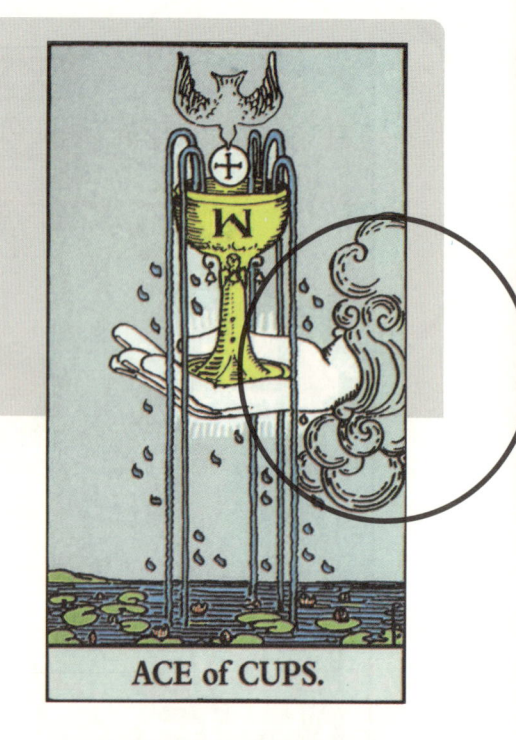

ACE of PENTACLES.

ACE of CUPS.

ACE of SWORDS.

ACE of WANDS.

Há referências – ocultas – ao tarô também na fala dos personagens, tanto da obra literária quanto da cinematográfica. Mas é na letra de *Over the Rainbow* (06:33) que Dorothy fala do arco-íris.

A letra da canção diz o seguinte: "Em algum lugar acima do **arco-íris**, há uma terra sobre a qual ouvi falar uma vez em uma canção de ninar. Em algum lugar além do arco-íris, o céu é azul e os sonhos que você ousa sonhar realmente se tornam realidade".

Por fim, o lugar bom e feliz, além do arco-íris, com que Dorothy tanto sonha, desde o início de sua jornada, está retratado na imagem da lâmina Dez de Copas do Tarô de Rider-Waite.

*"Não há melhor lugar
do que a nossa casa!"*

Dorothy Gale

Este livro foi escrito ao som do álbum
The Dark Side of the Moon, do Pink Floyd.
Dizem que o disco foi produzido com base no filme.

MATRIX